폴 발레리 P

프랑스 상징◻◻◻◻◻◻◻◻◻◻◻◻◻◻◻◻◻◻◻◻◻◻는
사상가인 폴 발레리는 ◻◻◻◻◻◻◻◻◻◻◻◻◻◻◻◻◻◻트에서
태어났다. 십 대에 이미 문학과 그림에 관심이 깊었고 몽펠리에
대학교 법학과 재학 시절에는 시인 피에르 루이스의 소개로
앙드레 지드, 말라르메와 친분을 쌓았다. 이 시기에 시 「나르시스가
말한다」, 산문 「건축가에 관한 역설」 「오르페우스」 등을 발표했다.
법대 과정을 마친 그는 감정적인 위기를 겪고 문학을 포기하려
하다가 가족과 함께 여행을 간 제노바에서 훗날 "제노바의 밤"
으로 불릴 경험을 한다. 폭풍우 치는 밤에 실존적인 깨달음을 얻은
것인데, 그는 앙드레 지드에게 쓴 편지에서 그 경험이 "의식을,
다시 말해 보고 판단하는 자유를 확장"해주었다고 고백했다.
1894년, 몽펠리에를 떠나 파리에 정착하고 이때부터 정신과 언어의
본질 등을 탐구하고, 이러한 내용을 매일 기록했다. 기록하는 일은
이후 51년간 이어지고 총 261권의 노트에 담긴다. 1912년, 갈리마르
출판사에서 시집 출간 제안을 받고 작업에 몰두해 1917년에 시집
『젊은 파르크』를 출간했다. 1919년에는 『테스트 씨와 함께한 저녁』
『레오나르도 다빈치의 방법 입문』을 출간하고 1920년에는 시
「해변의 묘지」를 발표했다. 1924년, 『바리에테(Variété)』를 출간하고
같은 해에 작가 아나톨 프랑스의 후임으로 펜클럽 회장직을
맡았다. 1931년에는 프랑스 레지옹 도뇌르 코망되르 훈장을
수여받았다. 1937년, 콜레주 드 프랑스에 시학 교수로 임명되어
별세하는 해까지 강의를 이어간다. 1945년 7월 20일 타계했다.
장례식은 프랑스 국장으로 치러지고 고향인 세트의 해변에 있는
묘지에 안장됐다. 그의 묘비에는 「해변의 묘지」의 한 구절이
새겨졌다.
"신들의 평온을 길게 바라보는 눈길은 / 오, 사유 끝에 누리는 보상."

폴 발레리의 문장들

폴 발레리의
문장들

폴 발레리

백선희

엮고 옮김

마음산책

엮고 옮긴이 | 백선희

프랑스어 전문 번역가. 덕성여자대학교 불어불문학과를 졸업하고 프랑스 그르노블 제3대학에서 문학 석사와 박사 과정을 마쳤다. 로맹 가리, 밀란 쿤데라, 아멜리 노통브, 피에르 바야르, 리디 살베르, 로제 그르니에 등 프랑스어로 글을 쓰는 주요 작가들의 작품을 우리말로 옮겼다. 옮긴 책으로 『노르망디의 연』『마법사들』『밤은 고요하리라』『레이디 L.』『흰 개』『로맹 가리와 진 세버그의 숨 가쁜 사랑』『내 삶의 의미』『하늘의 뿌리』『단순한 기쁨』『프루스트의 독서』『랭보의 마지막 날』『올랭프 드 구주가 있었다』『떠나지 못하는 여자』『호메로스와 함께하는 여름』『어느 인생』『이제 당신의 손을 보여줘요』『책의 맛』『알베르 카뮈와 르네 샤르의 편지』『웃음과 망각의 책』『햄릿을 수사한다』 등이 있다.

폴 발레리의 문장들

1판 1쇄 발행 2021년 7월 10일
1판 2쇄 발행 2023년 7월 25일

지은이 | 폴 발레리
엮고 옮긴이 | 백선희
펴낸이 | 정은숙
펴낸곳 | 마음산책

편집 | 성혜현 · 박선우 · 김수경 · 나한비 · 이동근
디자인 | 최정윤 · 오세라 · 한우리
마케팅 | 권혁준 · 권지원 · 김은비
경영지원 | 박지혜

등록 | 2000년 7월 28일(제2000-000237호)
주소 | (우 04043) 서울시 마포구 잔다리로3안길 20
전화 | 대표 362-1452 편집 362-1451   팩스 | 362-1455
홈페이지 | www.maumsan.com
블로그 | blog.naver.com/maumsanchaek
트위터 | twitter.com/maumsanchaek
페이스북 | facebook.com/maumsan
인스타그램 | instagram.com/maumsanchaek
전자우편 | maum@maumsan.com

ISBN 978-89-6090-681-5 03860

* 책값은 뒤표지에 있습니다.

바람이 분다! ……살아봐야겠다!
광활한 대기가 내 책을 펼쳤다가 덮고
파도가 바위에서 솟구치며 산산이 부서진다!
날아가라, 나의 현혹된 페이지들이여!
부수어라, 파도여! 흥겨운 물살로 부수어라
돛배들이 모이를 쪼고 있던 저 평온한 지붕을!
―「해변의 묘지」에서

차례

들어가며 9

I 삶 21

II 인간 57

III 자아와 타자 89

IV 문학 115

V 생각과 정신 159

폴 발레리 연보 193

지적인 언어로 읽는 즐거움,
51년간의 성찰이 담긴 폴 발레리의 아포리즘

해변의 묘지

1990년 여름이었던 걸로 기억한다. 유학차 프랑스에 자리 잡고 처음 맞이한 여름이었다. 남프랑스로 갔다. 엑상프로방스에 묵으면서 일부러 두어 시간을 달려 세트^Sète로 찾아간 건 오직 묘지를 보기 위해서였다. 바로 폴 발레리가 잠들어 있는 '해변의 묘지'다. 그 시절에 내가 폴 발레리에 대해 아는 것이라곤 그의 시 「해변의 묘지」 한두 구절뿐이었지만, 그것만으로도 그 묘지를 꼭 보고 싶었다. 원래 이름이 생 샤를^Saint-Charles이었던 이 묘지는 폴 발레리가 세상을 뜨고 얼마 지나지 않아 시의 제목대로 이름이 바뀌었다. 토^Thau 호수와 지중해 사이에 묘하게 섬처럼 낀 산기슭에 자리한 '해변의 묘지'는 신비롭고 아름다웠다. 묘지에 오르면 남프랑스의 강렬한 여름 태양과 새파란 하늘, 무한히 푸른 지중해가 어우러진 눈부신 풍광이 눈앞에 펼쳐졌다. 시인의 무덤 옆에 앉아 바다를 내려다보니 난해했던 시가 시각적으로 다가왔다. 돛단배 점점이 떠 있는 바다는 "비둘기들이 노니는 평온한 지붕" 같았고, 정오의 태양 아래 반짝이는 평온한 바다를 바라보는 일이 "사유 끝에 누리는 보상"이라는 말에도

절로 고개가 끄덕여졌다. 30년 전에 본 그 풍경을 떠올리며
「해변의 묘지」를 오늘 다시 읽어보니 "심연(바다) 위에
태양 하나 머물 때" "시간은 반짝이고, 꿈은 앎이 된다"는
시구도 와락 다가온다.

음유시인이라 불렸던 프랑스 가수 조르주 브라상스는
〈세트 해변에 묻어달라는 청원supplique pour être enterré à la plage de
Sète〉이라는 노래 가사에 폴 발레리를 향한 존경의 마음을
이렇게 담았다.

> 폴 발레리를 향한 경의를 품은
> 보잘것없는 방랑 가객인 나를
> 너그러운 스승께서 용서해주시길
> 내 가사야 당신의 시에 비할 길 없으나
> 내 묘지만큼은 당신의 것보다 더 바다 가까이
> 있더라도
> 그곳 주민들에게 결례가 되지 않는다면
> 내 무덤은 하늘과 물 사이에 낀 샌드위치가
> 되었으면

그렇게, 브라상스도 지금 세트에 묻혀 있다. 폴 발레리의
무덤은 위쪽 '해변의 묘지'에서 지중해를 내려다보고 있고,
조르주 브라상스의 무덤은 아래쪽 '피Py 묘지'에서 호수
쪽을 바라보고 있다.

시 「해변의 묘지」가 세상에 나오게 된 건 1920년에 〈NRF〉지 편집장이던 자크 리비에르가 폴 발레리의 집에서 이 시를 발견하고 말 그대로 거의 '강탈하다시피' 가져다가 출간한 덕택이다. 저자는 이 시를 미완이라 생각했고, 개인적인 추억이 담긴 '사적인' 독백 같은 작품이라 여겨 발표를 꺼렸던 것이다. 그렇게 '거의 강제로' 출간된 이 시는 엄청난 사랑을 받았고, 폴 발레리의 대표작이 되었다.

이 시에 각별한 애정을 표한 이들이 많다. 라이너 마리아 릴케는 앙드레 지드에게 쓴 편지에서 폴 발레리를 발견한 감동을 이렇게 전했다. "어떻게 이 오랜 세월 동안 내가 그를 모를 수 있었을까요? 몇 주 전에는 「해변의 묘지」를 읽고 직접 번역해보며 열광했습니다……. 나는 홀로, 기다려왔습니다. 나의 온 작품이 기다려왔지요. 그런데 발레리를 읽고는 내 기다림이 끝났다는 걸 알았습니다."

그런가 하면, 2018년 철학자 알랭 바디우는 〈프랑스 앵테르〉 라디오 방송과 나눈 대담에서 뜻밖의 고백을 했다. 폴 발레리의 시 「해변의 묘지」를 열일곱 살에 외운 뒤로 여성을 유혹하는 도구로도 종종 사용했고, 평생 이 시와 함께해왔는데, 이 시가 어떤 면에서 그의 사유에 젖을 먹인 유모인 셈이라고 털어놓은 것이다. 또 소설가 마르셀 프레보는 폴 발레리를 "시를 고갈시킨 시인"이라 단언하고, "당신의 페가수스가 발을 디딘 곳에는 시의 풀이 더는 돋아나지 않는다"며 극찬했다.

문학의 테러리스트

폴 발레리를 소개하는 글에는 작가나 시인 말고도 사상가 또는 철학자라는 말이 꼭 따라붙고, "난해하다"라거나 "격조 높다" "사색적이다" 같은 수식어도 빠지지 않는다. 그는 누구나 이름을 들어보았을 만큼 유명하지만 정작 작품을 읽어본 이도 많지 않고, 그가 어떤 삶을 산 작가인지 모르는 사람도 많다.

우선, 발레리는 대단히 점잖고 사교적인 사람으로 보인다. 아카데미 프랑세즈 회원이자 펜클럽 회장이었고, 인기 많은 강연자이자 콜레주 드 프랑스 교수였으며, 작가, 정치인, 과학자, 화가 할 것 없이 뭇사람들과 교류한 인물이었으니 말이다. 그런데 그에겐 은둔자 같은 면모도 있고, 글을 읽어보면 대단히 뻐딱하고 불온하고 비관적이며 고독해 보인다. 작가 스스로 자신의 상반된 두 얼굴을 이렇게 말한다.

> 나는 나 자신이 믿기 힘들 만큼 사교적이라는 걸 안다. 그리고 믿기 힘들 만큼 혼자라고 느낀다.[*]

그의 삶을 송두리째 뒤흔든 사건이 있다. 열세 살에 첫

---

[*]   라디오 〈프랑스 퀼튀르〉 「어느 삶, 어느 작품(Une vie, une œuvre)」 '폴 발레리 편'에서 인용.

시를 쓰기 시작한 그는 열여덟 살 되던 해에는 80여 편의
시를 써서 여기저기 발표해 찬사도 받았고, 피에르 루이스,
스테판 말라르메, 앙드레 지드와 활발히 교류했다. 그러다
1892년 10월, 스물한 살의 작가는 여행을 간 제노바에서
한밤중에 부조리한 감정에 사로잡혀 심각한 실존적
위기를 경험한다. "끔찍한 밤이다……. 사방에서 폭풍이
몰아치고, 번개가 수시로 번쩍이며 방을 밝힌다……. 나의
온 운명이 머릿속에서 흔들린다. 나는 나와 나 사이에
끼어 있다." 이른바 "제노바의 밤"이라고 불리는 이날
이후 그는 문학에 작별을 고하고, 명료하지 않은 모든 걸
버리고, 오직 "정신 작용"을 탐구하는 일에만 몰두하기로
마음먹는다.
이 근본적 회의의 순간을 겪고 얼마 후, 발레리는 『테스트
씨와 함께한 저녁』을 집필한다. 산문 속의 테스트 씨는 글
쓰는 행위가 지성의 희생을 요구한다며 문학을 경계하고,
책을 없애고 자신이 쓴 글도 태워버린다. 이 인물은
세상의 "괴상한 야단법석" 속에서 자기 자신을 굳건히
지키려 애쓰는 '지성의 고행자'처럼 그려져 있다. "독서를
혐오"한다며 책을 멀리한 지 20년이나 되었다고 말하는 이
인물은 바로 작가 자신의 분신이다.
발레리는 무턱대고 독서를 찬양하지 않는다. 오히려
독서의 위험을 경계한 작가다. 『읽지 않은 책에 대해
말하는 법』의 저자 피에르 바야르는 심지어 발레리

작품의 일부가 "독서라는 활동의 위험에 대한 격렬한 고발"[*]이라고 말하기까지 한다. 발레리의 이런 면모를 보여주는 두 가지 유명한 일화가 있다. 1927년 아카데미 프랑세즈 회원으로 선출되면서 세상을 떠난 전임자에 대한 추도사를 해야 할 임무가 그에게 주어졌다. 그의 전임자는 '책벌레'라는 꼬리표를 달고 있는 아나톨 프랑스였다. 대개 다소 과장된 찬사를 늘어놓기 마련인 추도 연설에서 발레리는 모호한 찬사만 되풀이하며 아나톨 프랑스의 이름을 단 한 번도 언급하지 않아, 고인에 대한 경의를 어떡해서든 피하려는 듯한 태도를 보였다. 또, 마르셀 프루스트가 사망한 직후, 잡지에 발표한 글에서도 그는 고인의 업적을 인정하며 경의를 표하면서도 그의 책을 제대로 읽지 않았다는 사실을 천연덕스럽게 밝힌다.

> 마르셀 프루스트의 대작 가운데 한 권 정도 겨우
> 아는 처지요, 이 소설가의 예술 역시 나로서는 거의
> 이해할 수 없는 예술이긴 하지만, 그러나 나는
> 다행히 시간을 내어 읽어볼 수 있었던 『잃어버린
> 시간을 찾아서』의 약간의 내용만으로도 우리

---

[*]   피에르 바야르, 김병욱 옮김, 『읽지 않은 책에 대해 말하는 법』, 여름언덕, 2008년, 37쪽.

　　문학이 최근 뛰어난 문인을 한 명 잃었다는 사실을
안다⋯⋯.[*]

피에르 바야르는 발레리가 개별 책에 빠져 길을 잃지
않도록 독서를 경계하며 일종의 "거리두기의 시학"으로
문학에 대한 총체적 시각을 얻고자 했다고 말한다. 그런가
하면 작가 장 폴랑은 발레리를 "문학의 테러리스트"라
명명했는데, 그가 당연한 진리로 받아들여지는 생각과
사실들에 폭탄 같은 의문을 던지며 문학 작업의 필요성과
가능성까지 문제 삼고 되짚어보기 때문이다.

　　본질을 빠뜨리는 것보다 더 문학적인 게 없다.[**]

같은 맥락에서 『폴 발레리와 함께하는 여름Un été avec Paul
Valéry』의 저자 레지스 드브레는 잘 가꿔놓은 정원처럼
훼손이 금지된 굳건한 진리들에 발레리가 돌 또는
수류탄을 던진다며 그를 "익살스러운 무뢰한, 짓궂은
아나키스트"라고, "우리 문학에서 가장 메피스토펠레스
같은 정신"[***]이라고 말한다. 폴 발레리가 문학과 예술에서

[*]　　같은 책 39~40쪽.

[**]　　본문 124쪽.

[***]　　Régis Debray, 『Un été avec Paul Valéry』 Equateurs, 2019, p14.

15

남다른 통찰력을 보여준 중요한 사상가로 꼽히는 건 바로
그가 이런 "문학적 테러리스트"이기 때문이 아닐까?

카이에, 51년 261권의 기록

문학에 작별을 고하긴 했으나 발레리가 글쓰기를 멈춘
건 아니다. 테스트 씨가 탄생한 해인 1894년부터 그는
매일 새벽 5시에 일어나 몇 시간 동안 머리에 떠오르는
날것 그대로의 생각들을 쓰고 다듬었다. 그가 "아침 정신
운동"이라 불렀던 이 습관은 생애 마지막 순간까지, 다시
말해 51년 동안 이어졌다. 문학, 언어, 기억, 수학, 과학,
역사, 정치 등 온갖 관심사가 다루어졌고, 시, 산문, 데생,
수채화, 계산식, 수학 공식 등 온갖 형태로 기록되었다.
말하자면 그 시간은 일종의 '지성의 훈련'이자 '지적
모험'이었고, 그 기록은 독특한 형태의 일기인 셈인데,
작가는 그것을 "항해 일지"라고도 불렀다. 발레리는 여행을
떠날 때도 그 일지를 끼고 다니며 매일 아침 자기 정신을
상대로 격투를 벌였고, 그 과정을 고스란히 적었다. 출간할
의향도 어떤 다른 목적도 없는, 오직 정신의 탐구 기록인 그
카이에*는 모두 261권이나 되었다. 추상적인 성찰, 사적인
감정 토로, 인물 크로키, 풍경화……. 폴 발레리의 모든 것이

---

*　'카이에(cahier)'는 공책을 뜻하는 말로 일종의 '작가 노트'인 셈인데,
발레리의 경우, 출간 의도 없이 써나간 점이나 독특한 형태를 고려해,
'카이에'라는 원어 독음을 그대로 썼다.

담긴 그 카이에들은 일종의 문학적 오브제로, 작가 사후에
인래 형태를 그대로 간직한 한정판 복사본으로 출간되었다.
그렇게 발레리는 '정신의 실험실'에서 오직 탐구에
몰두하며 작품을 발표하지 않고 20년을 보낸다. 그러다
1917년에 마침내, 앙드레 지드와 가스통 갈리마르의 거듭된
권유와 청탁으로 침묵을 깨고 시집 『젊은 파르크la Jeune
Parque』를 출간한다. 이 시집은 평론가들의 극찬을 받으며
대성공을 거둔다. 이 한 권의 시집으로 발레리는 당대
최고의 시인으로 뽑히기까지 한다. 그리고 1922년에는
「해변의 묘지」를 포함한 또 한 권의 시집 『매혹Charmes』이
출간되고, 그밖에 산문과 평론 등 다양한 글들이 계속
발표된다. 세계 곳곳에서 그에게 강연 초청이 쇄도하고,
온갖 명예로운 훈장이 수여된다. 20년의 침묵 이전과 이후의
삶이 완전히 달라져 마치 두 명의 폴 발레리가 있는 것처럼
보일 정도다. 그러나 그는 오전의 지적 항해를 죽을 때까지
멈추지 않는다.

발레리는 이렇게 말했다

발레리만큼 지적인 언어로 읽는 즐거움을 주는 작가는 많지
않다. 그는 많은 이들이 즐겨 인용하는 작가다. 아포리즘
형태로 간결하게 압축되어 통찰력이 빛나는 글이 많기
때문이다. 그의 생각은 경계 없이 뻗어나가고, 그의 눈길은
현미경처럼 배율을 바꿔가며 우리의 온갖 뒷걸음질과

어리석음, 엉터리 추론, 편견, 실수, 무지, 무능을
포착해낸다. 그의 언어는 흔들고 꼬집고 비튼다. 절대
명제들도 그를 만나면 권위를 잃고 겸손해진다. 거만하던
"코기토 에르고 숨(나는 생각한다. 고로 존재한다)"도 기세가 한풀
꺾여 "나는 때때로 생각한다. 고로 때때로 존재한다"*가
된다.
폴 발레리에겐 텍스트의 권위도, 저자의 권위도 없다. 그는
독자를 더없이 자유롭고 능동적인 독서로 초대한다.

> 하나의 텍스트에 진짜 의미란 없다. 작가의 권위도
> 없다. 일단 발표되고 나면 텍스트란 저마다 자기
> 마음대로 쓸 수 있는 도구가 된다.**

발레리는 이런 독자를 생각하며 글을 쓴다고 말한다.

> 욕설에도 찬사에도 휘둘리지 않는 이들,
> 어조, 권위, 폭력, 모든 외적인 것에 동요하지 않는
> 이들을 위해서만 글을 쓰고 작업할 것.
> '똑똑한' 독자를 위해 글을 쓸 것.
> 과장에도 어조에도 압도되지 않는 이를 위해.

---

*   본문 163쪽.
**   폴 발레리, 『전집(Œuvres)』 1권, 「바리에테(Variété)」 편, Gallimard, 1957년.

당신의 생각대로 살든지 아니면 그 생각을
파괴하거나 거부할 이를 위해—당신이 그 생각에
대한 전권을 부여할 이를 위해. 건너뛰고, 지나가고,
따라가지 않을 권리를 소유한 이, 반대로 생각할
권리를, 믿지 않을 권리를, 당신의 의도에 동조하지
않을 권리를 가진 이를 위해.[*]

이 책에 모은 글들은 폴 발레리의 '카이에'에서 선별한
단장들을 묶은 「나쁜 생각들」 「텔 켈」 「멜랑주」[**]에서
발췌한 것으로, 편의상 다섯 개의 주제로 분류해놓았다.
폴 발레리가 오랜 세월 외로이 정신의 항해를 이어오면서
어떤 성찰을 했는지 아주 조금 맛볼 수 있을 정도다.
배열에 특별한 의미가 있는 것이 아니니, 이 모든 생각의
주인이 말했듯이 독자는 "건너뛰고, 지나가고, 따라가지
않을 권리"를, 저자의 말에 반기를 들 권리를 한껏 누리며
자유롭게 마음 내키는 대로 읽으면 좋을 것이다. 혹은
읽기를 거부하더라도 이 생각들의 저자는 기꺼이 웃으리라.

2021년 7월
백선희

[*]   본문 135쪽.
[**]   세 편 모두 폴 발레리 『전집』에 수록됨.

■ 일러두기

1. 이 책은 폴 발레리 『전집(Œuvres)』 1, 2권(라 플레야드la Pléiade 총서, Gallimard, 1957년, 1960년)에서 문장을 엄선해 엮은 것이다.
2. 각주와 윗줄 상단에 표시한 주는 모두 옮긴이 주이다.
3. 외국 인명, 지명, 작품명 및 독음은 외래어표기법을 따르되 관용적인 표기와 동떨어진 경우 절충해서 실용적 표기를 따랐다.
4. 희곡, 잡지는 〈 〉로, 시, 편명, 프로그램명은 「 」로, 책 제목은 『 』로 묶었다.

I

삶

삶은 의지와 상관없이 주어졌지만

모두가 바라는 것처럼 여겨진다.

삶을 원하지 않는 것이 불가능하기 때문이다.

1   우리는 뒷걸음질로 미래에 들어선다.

2   자신의 어리석음, 타인들의 어리석음―어리석음은
계획, 예측, 사회적 및 가족적 드라마 등, 삶의 온갖
사건과 조합에서 긍정적이고 확실한 요인으로
간주되어야 한다.
어리석음을 믿고 제 몫을 보태야 한다.
인간은 자신이 무엇을 하는지 알지 못하며, 자신이
누구인지 알지 못하고 알 수 없다는 사실을 결코 잊지
말아야 한다. 가장 고심해서 행하는 행동이, 심지어
가장 행복한 행동이 어떻게 펼쳐지는지 보기만 해도
그것을 '우연'의 산물로 분류할 수 있고, 또 그래야
한다는 걸 알 수 있다.

3   엉터리 추론들, 불순한 개념들, 모호한 생각들,
행동으로 행해진 무지들, 정신의 메커니즘 속에서
가장 탁월한 조합, 방법, 인식과 동일한 역할을 하는
어리석음과 고지식함들. 실수와 무능은 작동한다.
망각처럼, 때로는 반대로 무의식적 기억처럼 작동한다.
너무 빠르거나 너무 늦은 어떤 멈춤, 이르거나 뒤늦은
어떤 반응. 물론 아주 다른 결과들이지만 삶은 대단히
정확한 해결책들을 만들어내기라도 한 듯 달게
받아들인다.

4 온 세상이 한 알의 씨앗 속에 입김을 불어넣어
나무 한 그루를 만든다.

5 인류는 아주 젊다. 그 기억도 짧다. 따라서 우리는
가정해볼 수 있다. 알려진 물리법칙들이 불충분한
관찰의 요약일 뿐이며, 이 (박식한) 인류는 불연속적이며
경이로운 법칙들이 지금까지 두 번 표명되는 사이에,
세계 질서가 두 번 도약하는 사이에만 존재했다고
가정해볼 수 있다. 그러나 시계를 5에서 55까지만
관찰하는 인간은 시계가 매시간마다 울린다는 걸 알지
못하며 짐작조차 못 한다. 지구상에 생명이 출현한
사실처럼 설명 불가능한 몇몇 사실들이 불연속적인
법칙들이 낳은 결과라는 것도 불가능한 일이 아니다.
그 이후 이어질 상태들을 우리는 관찰할 시간을 아직 갖지
못한 것이다.
진화의 가설을 잠시 믿어보자. 암모나이트 시대의
관찰자가 포유동물을 예견했겠는가?
달랑베르 시대의 어느 학자가 맥스웰의 전기역학을
예견했겠는가? 그리고 맥스웰은 이후에 올 것을
예견했겠는가?

6 나는 인간의 머리로는 생각조차 못 해봤을, 중요성에
대한 우리의 생각을, 결과에 대한 우리의 수직

체계를, 가능성 또는 유용성에 대한 우리의 감각을
뒤집어놓을 그런 예기치 않은 관계들 앞에서만 진짜
본질을 느낀다. 포탄이나 벼락이 집을 무너뜨리듯이
사물에 대한 우리의 관념을 관통하는 그런 관계들
말이다. 독특한 궤적과, 우리의 물질세계를 녹이고
태우고, 변덕 부리듯 존중하기도 하는 천진하고
기이한 이행을 볼 때, 다시 말해 우리의 기대를,
우리 정신의 구성을 저버리는 이행을 볼 때 벼락은
그런 예기치 않은 관계를 예시해주는 좋은 예다.
우리는 현실을 앞지르고 연장하는 버릇이 있다.
평평한 땅을 보고 반대편들을 상상하지 못하는
사람들처럼. 그러나 현실은 우리의 예견을 농락한다.
어쩌면 바로 그래서 그 예견들이 언제나 틀리는지
모른다.
우리는 찾고, 대략 큰 선들을 짐작한다. 하지만
자연에는 선이 없기에 연장이 담보되지 않는다.
자연은 하나의 텍스트여서 체념하고 그저 한 자 한 자
해독해야만 한다. 그러고 나면 남는 건 철학이다. 다시
말해 우리가 이미 발견한 것에 대한 연구다. 이 방법은
진가를 보여주었다. 어떤 실증적 앎도 이 방법에 빚지지
않았다. 다행히 우연이 백마 탄 왕자처럼 등장했다.
우연은 콜럼버스 앞에 아메리카를 놓아주었고,

뢴트겐*과 베크렐**에게 그랬듯이 외르스테드***에게도
각별히 애정을 베풀었다. 모든 자연 속에 있고, 어쩌면
모든 자연인지도 모르는 힘, 작은 호박 조각을 통해****
그토록 검손하게 모습을 드러낸 힘, 오직 그 작은 호박
조각을 통해서만 모습을 드러낸 힘에 대한 이야기보다
형이상학적인 정신에 더 당혹스러운 게 있을까?

7 속된 상상은 속된 진실을 속된 거짓으로 바꿔놓을
뿐이며, 결과도 결실도 득 될 것도 없이 부조리 속으로
점점 멀어지는 과장이고 증식일 뿐이다.
그러나 그 부조리는 내가 매일 보는 것을 전혀 다르게
보게 해주기에 나를 풍요롭게 채운다.

8 우리 삶의 존엄은 종종 우리의 혐오와, 때로는 우리의
비겁함과 관계있다. 종종 우리의 무기력이나 생각,
결핍과 관계있다. 그리고 어떤 결함은 오만의 형태를

---

*   엑스선을 발견하고 노벨물리학상을 받은 독일의 물리학자.

**   베크렐선을 발견한 프랑스의 물리학자.

***   전류와 자기장의 관계를 최초로 밝혀 '외르스테드의 법칙'을 발견한
      덴마크의 물리학자.

**** 그리스인들은 일찍이 호박을 문지르면 작은 파피루스 조각을 끌어당기는
      이상한 성질이 생긴다는 걸 알았으며, 호박(ambre)을 가리키는 그리스어는
      '전자'를 뜻하기도 한다.

띠기도 한다. 우리에게 부족한 것, 우리에게 상처를
입히는 것이 우리를 구별 지어준다. 우아하고 널리
알려지고 말 잘하지만 읽을 줄 모르는 사람이 있다면
분명히 높이 평가받을 것이다.

9   만나는 어려움 하나하나 작은 기념물을 세울 것.
각 문제마다 작은 사원을 세울 것.
풀기 힘든 수수께끼마다 비석을 세울 것.

10 인간적이라는 건 각자 안에 모두가 있고, 모두 안에
각자가 있다고 막연히 느끼는 것이다.
내가 이쪽에 속할지 혹은 반대쪽에 속할지는 그
무엇도 입증해주지 못한다. 형리 안에 희생자가 있고,
희생자 안에 형리가 있으며, 무신자 속에 신자가,
신자 속에 무신자가 있다. 이쪽에서 저쪽으로 넘어갈
만한 이유가 있다. 어쩌면 그 변화의 힘이 진짜 나의
본질인지 모른다.

11 나쁜 순간들은 그렇지 않은 순간들이 보여주지 않는
무언가를 가르쳐준다.
정말 절대적으로 나쁜 순간들은 포착할 게 아무것도
없는 순간들, 우리가 정신의 하늘로 가져갈 만한 어떤
것도 포착할 수 없는 순간들이다.

그런 순간들이 보통 사람들의 눈에는 좋은 순간으로
보인다.

12 성숙은 일정량의 최고치다.
정신의 열매가 성숙했는지는 결코 확신하지 못한다.
정신은 제 열매가 적당히 익었는지 결코 확신하지
못한다.
인간의 욕구는 어느 순간 느껴진다. 그러면 인간은
자기 안에서 생겨난 것과 서둘러 헤어지고 싶어
안달한다.

13 **목숨에 집착하기**

온 힘을 보존을 향해 기울이는 일종의 굴성인
이 본능은 대체 무엇을 보존하려는 걸까?
그러니까 보존은 하나의 방향이고, 내가 알지 못하는
어떤 시공간 속의 한 방위 같은 것이다.
곤충이 불빛을 바라듯 존재는 삶을 바란다. 삶이
아무리 잔인하거나 따분해도 존재는 지속을 지향할
수밖에 없다. 그 힘 속에는 터무니없는 호기심이 있다.
어쩌면 우리에게 내일은 곤충에게 불빛의 유혹과 같은
것인지 모른다.

14 계속 살아가기 위해서는 번식력과 재간을 한껏 발휘해

얼마나 많은 구실과 거짓 추리와 핑계를 짜내야 하는가!
모든 것에서 불쑥 솟아나 매 순간 개인에게
쓸모없거나 망쳤거나 뒤졌다는 느낌을 안기는, 소멸
시효 없는 이유들을 무너뜨리기 위해.

15   개인들은 서로 닮은 존재로서 맞선다. 경쟁은 욕구의
동일성에서 온다. 그러나 수단(재력)의 동일성(동일성이
존재한다면)은 그들을 합치게 해준다. 그들은 일하려고
합치고, 소비하려고 싸운다.

16   천 명의 개인들 가운데 아주 적은 수만이 삶을
유혹으로, 수단으로, 모험으로 느끼고 바라본다.
나머지는 별생각 없이 삶을 순환처럼 여기고 견딘다.
그 순환의 완벽한 상태는 행복이 될 것이다. 삶은
의지와 상관없이 주어졌지만 모두가 바라는 것처럼
여겨진다. 삶을 원하지 않는 것이 불가능하기
때문이다.

17   희망은 더없이 높은 최상의 탑 꼭대기에서 언제나
홀로, 그리고 대개 말없이 몸과 정신 너머를 바라본다.

18   희망은 사람을 살게 하지만 팽팽한 밧줄 위에서
살게 한다.

19 어떤 보석, 어떤 다이아몬드처럼 빛나는 삶의 순간은
그 순간을 잃었을 때 고통을 감수할 만큼 가치 있을까?

20 내가 바꿀 수 없는 것이 무엇인지 알아봤자 내겐 아무
소용없는 일이다.

***

21 거대도시들의 문명인은 야만상태로, 다시 말해 고립된
상태로 돌아간다. 사회의 메커니즘이 공동체의 필요를
잊게 하고, 과거에는 필요에 따라 끊임없이 일깨워졌던
개인들 간의 관계의 감정을 잃게 내몰기 때문이다.
사회 메커니즘의 개선은 행위들, 느끼는 방식들,
공동생활 능력을 불필요하게 만든다.

22 한 도시에서 아는 사람 하나 없이 혼자라는 사실은
그 교류 없는 장소를 감옥으로 바꿔놓는다.
그렇지만 거기서 몸과 정신은 더없이 자유롭다.
우리가 인간들 틈에서 한 인간이 아닌 다른 무엇으로
느끼기에 이보다 나은 조건은 없다.

23 예절은 조직된 무관심이다.
미소는 체계다.
배려는 예측이다.

24 때때로 분석은 전체로는 그나마 견딜 만했던 것의
세부 사실에 혐오를 느끼게 하는 수단이다.
그리고 누군가와 산다는 건 동일한 결과를 얻게 하는
분석 방법이다.

25   진실 가운데 있다는 건, 다시 말해 여차하면 오류를
      범할 수밖에 없는 지점에 있다는 것이다. 꼼짝하면
      거짓 속으로 빠지게 될 테지만 우리는 움직이지 않을
      수 없을 것이다.

26   열정 없이는, 오류 없이는 '진리'도 없다. 열정을
      쏟아야만 진리를 얻을 수 있다는 말이다.

27   오늘날 완벽한 것은 늦되다.

28   청춘은 완벽한 것들을 좋아하지 않는다. 그런 것들은
      할 일을 남겨주지 않아서 청춘은 화내거나 지루해한다.

29   내가 생각하는 것이 내가 행하는 것 속에 새겨지고,
      내가 행하는 것이 내가 생각하는 것 속에 들러붙을 때
      젊음은 끝이 난다.

30   세상은 극단을 통해 가치를 드러내고, 중도를 통해
      지속된다.
      세상은 극단론자들을 통해 가치를 드러내고,
      온건주의자들을 통해 지속된다.

31   삶의 정치. 현실은 언제나 대립 속에 있다.

32 정치란 사람들이 자신과 관계된 일에 끼어들지 못하게
    가로막는 기술이다.

33 이성, 지혜, 진리 등은 대중적인─대중적 유용성을
    지닌─신이다. 첫째로 사물에 순응하고, 둘째로 여론에
    순응하는 우상들이다.
    등급 낮은 신들도 있다. 유행, 상식, 취향 같은.

34 참으로 올바른 표현(표정으로건 언어로건)은 가장된 것,
    다시 말해 준비된 것일 수밖에 없다.

35 개들은 나름의 예절과 예민한 반사신경이 있어서─제
    배설물을 흙으로 덮는 척한다. 그리고 나무에 대고
    오줌을 눈다. 잠자리를 마련하는 시늉을 한다. 그리고
    주인에게─말에게 짖는다.
    그러나 사랑은 개들을 긍정적이고 문학적으로,
    어원학적으로 가련하게도 견유犬儒적으로 만든다.

36 어리석음과 그 반대는 같은 힘으로 개입한다. 자연은
    총량을 부어주고 우리가 그걸 어리석은 짓거리에 쓰건
    기적 같은 지성에 쓰건 상관하지 않는다.

37 판단은 차갑고 행동은 뜨거워야 한다. 그러나 상황과

자기 자신에게서 그런 판단과 행동을 이끌어내기란
참으로 어렵다.

38 큰일을 하고 싶다면 사소한 세부를 깊이 생각해야만
한다.

39 대단한 명성들, 심지어 가장 굳건한 명성들, 가장
'올바른' 명성들은 언제나 상황이 만든 것이지 결코
행위의 순수한 산물이 아니다. 저명한 이름들은
사방에서 오는 빛을 반사한다. 그들이 제 에너지를
잃어가며 발산하는 빛은 미약한 파편에 지나지 않는다.
제 고유의 가치로 카이사르의 이름이 갖는 광채를
홀로 발할 수 있는 사람은 없다. 대기가 없다면 태양은
암흑까지 힘을 미치지 못한 채 작열하는 화덕에
지나지 않을 것이다.

40 **말하게 내버려두라**

당신의 적대자들을 건드리지 말라.
그들을 적수로, 다시 말해 대등한 존재로 만들지 말라!
사람들이 당신에 대해 늘어놓는 험담은 병 속에 담겨
있을 때보다 퍼질 때 덜 해롭다.
우리를 미워하게 하는 건 우리의 덕성과 장점이다.
그것들이 우리의 악덕을 찾게 만든다.

41 적의 큰 승리는 당신에 대해 그가 하는 말을 당신이
민도록 하는 것이다.

42 우리 적의 수는 우리의 중요도가 커지는 데 비례해서
늘어난다. 친구의 수도 마찬가지다.

43 자신을 공격하지 않는 사람을 공격하는 자는
그로부터 공격받는다.

44   **천사**

천사가 보기에 혐오의 움직임은 혐오를 일으키는
대상만큼이나 혐오스럽다. 분노나 증오의 물결은
분노를 일으키는 그 어떤 원인보다 불쾌해 보인다.
두 경우 모두 우리는 자유를 잃고 상황에 순종하는
데 우리의 힘을 바치기 때문이다. 우리가 바라듯이 더
고결한 무엇에 바치는 것이 아니라.

45 머리에 떠오르는 순간 우리가 경멸하고 못 견뎌 결국
제거하는 것들에 대해 이미 생각이 완전히 정립된
사람들이 있다고는 상상하기 힘들다.

46 욕설, 조롱 따위는 무능의 흔적이며 심지어 살인의
대용품으로서 비겁의 흔적이다—파괴하거나 비하하기

위해 타인을 끌어들이는 것이다. 타인들에게 떠안기는 것이다. 제삼자가 없다면 욕설도 없을 것이다…….

47 마음을 순화하는 데 욕설을 용서하는 것보다 탁월한 훈련이 있을까! 얼마나 이득인가, 게다가 그보다 더 독한 모욕이 어디 있겠나! 물론 가능한 한 '진정 어린' 용서여야 한다. "너를 용서한다"는 건 다시 말해 나는 너를 이해하고 선을 긋고 소화했다는 뜻이다. 내가 정의롭게, 심지어 온정을 갖고 너를 바라보는 걸 막을 힘이 네겐 없다…….

48 우리의 적대자들도 모두 죽기 마련이다.

49 고통은 우리가 더없이 우리의 것이자 더없이 낯설게 느끼는 무엇이다.

50 고통이 야기하는 두 번째 고통이 있는데, 그것은 이 산만함의 무용성이 주는 고통이다.

51 **유사성의 원칙**

천사들 가운데 가장 아름다운 천사는 신과 대등해지고 싶었다.
인간들은 신들과 닮고 싶었다.

신은 인간이 되었다.

그는 인간들에게 어린아이들을 닮으라고 조언한다.

이렇듯 누구도 모방에서 벗어나지 못한다.

52 아무것도 닮지 않은 것은 존재하지 않는다.

53 역사 속에서 목이 잘리지 않은 인물, 목을 자르게

시키지 않은 인물은 흔적을 남기지 않고 사라진다.

제물이 되든지 형리가 되어야 한다. 아니면 전혀

비중을 갖지 못한다.

리슐리외가 도끼를 사용하지 않았고, 로베스피에르가

단두대를 사용하지 않았더라면 리슐리외는 보잘것없는

인물이었을 테고, 로베스피에르는 완전히 지워졌을

것이다. 이 모든 것은 나쁜 실례다.

그리스도의 형벌은 거대한 파동의 기원이었고,

존재들에게 미치는 영향력이 그 어떤 기적보다 크다.

그의 죽음은 그의 부활보다 인간들에게 훨씬 민감하게

느껴진다.

54 화학약품이 네거티브필름을 정착시키듯이 죽음은

인물을 정착시킨다.

역사적 인물은 어느 순간, 어떤 상태로 정착시킨

결과일 뿐이다.

55 역사가 우리에게 가장 확실하게 가르쳐줄 수 있는 건
우리가 역사의 어느 지점에서 잘못 생각했다는 것이다.

56 **비판적인 아이**

아이가(영화관에서 주인공이나 배신자가 꽤나 멍청하게
살해되는 '비극'을 한 편 보고 돌아와서) 말한다.
"좀 영리했더라면 네발로 기어서 도망칠 수 있었을
텐데." 이런 가정은 놀랍다. 이러저러했더라면……
극은 완전히 달라졌을 것이다.
얼마나 많은 사람이 자신이 아담이었다면 선악과를
깨물지 않았을 거라고, 자신이 나폴레옹이었다면
에스파냐 전쟁을 피했을 거라고 생각했을까! 자신이
파스칼이었다면 아무짝에도 쓸모없는 클레오파트라의
코에 대한 생각 따위는 하지 않았을 거라고.
이런 생각은 덜 천진했더라면…… 생겨나지도
않았을 것이다.

57 한 사람이 60015라는 숫자의 로또^{Lotto}를 가졌다. 60016이
당첨되었다. 이 사람은 거의 당첨된 거라고 생각한다.
모든 사람이 모든 경우에 그런 식으로 생각한다. 나는
거의 넘어질 뻔했고, 죽을 뻔했고, 큰돈을 벌 뻔했다.
역사는 이런 추론들로 넘쳐난다. 이런 근접성은
허구다.

그런 건 오직 '만약'이라는 가정 속에 있다.

58 인간이나 작품에 대한 모든 판단은 찬사이건 비난이건
수다쟁이의 판단이다. 만물의 코앞에 자리한 뇌들의
판단이다.

59 어떤 동물들에게 본성은 달아나라고 부추긴다. 다른
동물들에게는 덤벼들라고 부추긴다. 다시 말해, 어떤
위험이나 불안이 용기를 낳는다.
인간에게 이 모든 건 변칙적이고—개인적이며—종종
시간에 따라 달라진다. 어떤 날엔 용감하다.

60 목표에 다다라서야 우리는 걸어온 길이 제대로 된
길이었다고 믿는다.

61 누군가의—어쩌면 신의?—멋진 좌우명.
"나는 실망시킨다."

62 할 일은 오직 한 가지뿐이다. 다시 시작하는 것이다.
그건 간단한 일이 아니다.

63 모든 건 중단으로 시작된다.

64 하나의 견해는 우리가 사태의 일부만 알고서 전체와
결과를 모두 본다고 가정하고 내리는 선택이다.

65 상당히 합리적인 많은 것들이 우습거나 어리석거나
추악한 존재들에 의해 제안되거나 강요되거나
주창되었고, 바로 그들처럼 거절당하거나
비웃음을 사거나 미움받았다.

66 몰상식과 모순을 통해, 어리석음의 외피를 입고서만
표현될 수 있는 것들이 분명히 있다. 불행히도
그런 것들이 바로 가장 소중한 것들이다.

67 "행복한 사람들에겐 이야기가 없다."
역사를 제거하면 사람들이 더 행복해질 거라는 추론이
이로부터 나온다.
이 세상의 사건들에 슬쩍 눈길만 던져봐도 이런
결론에 이르게 된다. 망각은 역사가 망가뜨리고 싶어
하는 효용이다.
역사 속 그 무엇도 인간에게 평화롭게 살 가능성을
가르쳐주지 않는다. 정반대의 가르침이 거기서 나와
믿게 한다.

68 행복과 정의는 이 세상의 것이 결코 아니다. 어쩌다가

그것들이 이 세상에 들어와 가로지르면 공포를
퍼뜨리는 괴물이 된다. 이 세상의 존재들이 아니기
때문이다. 인간에게 익숙해지지 않은 모든 동물이
인간을 무서워하고, 다른 행성에서 온 동물을 우리가
무서워하기에.

69 정의로운 자는 신이 만든 인간의 이상형이다.

70 초상화의 모델을 아는 스무 명에게 초상화를 보였는데,
아홉 명이 알아보고 열한 명이 알아보지 못한다면 그
초상화에 20분의 9정도의 신실이, 20분의 11의 거짓이
담겼다고 해야 할까, 혹은 그 반대일까?
그런데 아무도 그 모델을 알지 못했다고 가정하면
어떨까?
그러면 이런 경이로운 일이 벌어진다. 그래도 모델과
초상화의 닮은 점에 대한 토론은 여전히 뜨거우리라는
것이다!
S는 내게 할스*가 그린 데카르트의 초상화가 가장
충실한 그림이었다고 장담했다. 내가 의혹을 제기하는 걸
그는 용인하지 않았다.
그는 대단한 역사 애호가였다.

---

*   네덜란드 화가 프란스 할스(1580?~1666).

71 파스칼은 빛이란 빛을 발하는 물체들의 빛을 발하는
움직임이라고 말한 예수회 교인을 비웃었다.

그 물질들은 광자라는 이름으로 다시 등장했다.

그 빛을 발하는 움직임은 파동의 전파라는 의미로
이해될 수 있어서 예수회 교인의 말은 상당히
입증되었다. 300년이나 참아온 그는 이제 파스칼을
비웃을 수 있으리라.

72 '개인'이란 삶의 조건늘에 범해진 오류다. 삶을 위한
개인은 없다.

73 삶은 그저 한 인간인 척하도록 가르친다.

74 현미경을 1배율로 놓으면 '인간은 자유롭다'. 2배율
렌즈를 놓으면 '인간은 자유롭지 않다'. 그런데 '어쩌면
우리가 보는 것이 더는 인간이 아니지 않을까?'

75 **옛날 옛적에······**

우주는 온전한 하나였고, 중심이 있었다. 이젠 하나도
없고 중심도 없다.
그런데도 우리는 여전히 우주를 말한다.

76 네가 살고 싶다면 죽고 싶기도 한 것이다.
그게 아니라면 너는 삶이 무엇인지 이해하지 못한다.

77 삶이 온갖 열락이었건,
삶이 온통 고문이었건,
앞으로 삶이 없어질 좋은 때가 온다.

78 죽음에 관한 명상(파스칼식의 명상)은 살기 위해 싸울
일도 없고, 밥벌이하고 자식을 부양해야 할 일이 없는
사람들이나 하는 것이다.
영원은 잃어버릴 시간을 가진 사람들의 관심사다.
일종의 여가 활동인 셈이다.

79 그들은 죽는 건 겁내고, 사는 건 겁내지 않는다.
죽음이 두려운 건 어느 정도의 삶이 죽음과 함께하며
죽음을 느끼고, 죽음을 측정한다고 상상하기 때문이다.
죽음이 끔찍한 건 죽음에 굴복해서가 아니라 맞서
싸워서다.

80 산 자들의 눈에만 죽음이 보인다.

81 죽음은 웅숭깊은 목소리로 우리에게 말하지만 아무
말도 하지 않는다.

82 죽음은 심장의 행위다.

83 죽음은 두 가지 상반된 감정을 일으킬 수 있다.
죽는다는 건 낯선 무엇에 맞서 방어 수단 없이 가장
취약한 존재가 되거나, 가능한 모든 불행에서 벗어나
타격을 입을 수 없는 존재가 되는 것이다.

이 두 가지 감정은 거의 모든 사람에게 존재하며
번갈아 이어진다. 삶은 죽음을 두려워하거나
갈망하며 흘러간다.

84   쫓기는 새가 가물거리는 취약성을 피해 이 가지에서
저 가지로 날아다니듯 삶도 이 몸에서 저 몸으로
허약한 수명을 피해 날아다닌다.

85   누군가 무엇을(확인할 수 없는 무엇을) 믿는다고 말할
때, 그 무엇을 같은 종류의 다른 것으로 대체해도
주장하던 믿음의 동기가 변하지 않고 그대로라면
우리는 그 사람이 믿는 게 아니라 믿는다고 믿고
있다고 결론 내릴 수 있다. 그러니 삼위일체의 3을 4로
바꿀 것.

86   나는 종교의 이런 생각이 희한하다고 생각한다. 잘못
하나를 저질렀다고 이전의 순수함이라는 특혜가
사라진다는 생각 말이다―마치 '영혼'의 공덕이
'돌이킬 수 없는 변화'를 겪기라도 한 것처럼. 그와
반대로 회개와 반드시 지켜야 할 절차가 혐오스런
과거를 모두 지워준다는 사실도 희한하긴 마찬가지다.
삶의 어떤 날이 다른 날들에 미치는 힘은 어디서 오는
걸까? 시간 너머에 있는 존재는 좋은 의도건 나쁜

의도건 왜 가장 먼 날보다 가장 가까운 날에 이런
우위를 부여할까……? 두 명의 인간 중에 한 사람은
구원받고 다른 한 사람은 영벌을 받는다. 그런데
전자의 삶은 반대쪽에 선 후자의 삶과 동일하다.

87　종교는 무슨 말을 하고 무슨 행동을 하고 무엇을
　　상상해야 할지 모르는 처지에 놓인 인간에게 할 말을,
　　행위를, 몸짓을, 생각을 제공한다.

88　신이 무엇을 생각할 수 있을지 우리는 알지 못한다.
　　어쩌면 창조하는 일이 신에게는 별일 아닌지도…….

89　나를 사랑해달라고는 절대로 말하지 말라. 아무짝에도
　　소용없는 말이니. 그래도 신은 그렇게 말한다.

90　'신념.'
　　불확실한 것에 떳떳한 마음으로
　　힘 있는 어조를 싣게 해주는 말.

91　네가 무슨 말을 하건 네 말은 네 생각보다 더 많은 걸
　　말할 수 있다. 네 말을 듣는 상대가 네가 생각하는 것
　　이상의, 혹은 이하의 사람이라면!

92 누군가 내게 질문을 던지고는 충분하다고 여기는
얼마 동안 내 대답을 기다린다.
그 시간이 지나도 내가 대답하지 않는다면 그는
내 지식이나 진정성 또는 지성을 의심한다.
나는 이해를 못 했거나, 할 수 없었거나, 원하지 않았다.
그는 내가 다른 것을 생각할 수 있다고는 결코
생각하지 않는다.

93 "뭐라고? 뭐라고? 나 잘못 들었어. 다시 말해봐."
이건 너무 잘 알아들어서 하는 말이다.

94 "잘 웃는 사람들을 곁에 두라"—그러면 배가 뒤집혀
그들과 함께 너도 통속에 빠진다.

95 칭찬은 일정한 힘을 낳고 일정한 쇠약을 준비한다…….
비판도 마찬가지다.

96 힘과 돈은 무한의 위엄을 지녔다. 우리가 소유하고자
갈망하는 것이 (무언가를 만들거나 부수는) 능력이
아니기 때문이다. 누구도 규정된 힘을 탐하지 않는다.
정기적으로 규정되는 직업으로서 통치권의 행사도,
명확히 결정된 대상의 가치로서 금도 탐하지 않는다.
내 욕망을 낳는 건 권력의 모호함이다. 내가 무엇을

갈망하게 될지 결코 알지 못하기 때문이다. 나는
열거할 만한 것을 찾지 않는다. 팔지 않는 것을
사고 싶어 한다.

그래서 온 세상이 이 힘의 소유자를 언제나 행복한
노름꾼처럼 바라본다. 모든 큰 자산의 기원에는 행운이
추정된다. 어떤 한정된 일도 그런 무한한 소유로
이끄는 것 같지 않다.

그러므로 권력을 참으로 친근하게 생각하도록 이끄는
건 권력 남용에 대한 생각이다.

97 남용 없는 권력은 매력을 잃는다.

98 나는 잘 모르는 것보다는 잘 아는 것이 더 두렵다.

99 사방에서 '외양'을 보는 강박증이 있다. 우리가 원하든
원하지 않든, 우리가 깨닫든 깨닫지 못하든
이 강박증은 '외양'에 맞서려는 동기 이외의 다른
동기를 갖고 있지 않은 '실재'의 개념을 끌어들인다.
그러나 금세 우리는 그 실재가 제 외양보다 나을 게
없다고 생각한다. A와 B라는 두 가지 생각에서 A가
언제나 외양이어야 할, 그리고 B가 언제나 실재여야 할
지속적인 이유는 없다.
몸이 그림자를 따르듯이 외양에 대한 멸시에는 즉각

'실재'에 대한 멸시가 따라온다.

말하자면 언제나 하나의 '진실'이 지배한다.

하지만 그 진실이 늘 동일하지는 않다.

진실의 방정식

100

만약 네가 다수처럼 생각한다면 네 생각은 사족이 된다.

대중에게는 자기 감정이 '진실'이다.

각 개인에게 감정은 하나의 의문이다.

고로, '진실' = 의심 × 다수.

101 모든 사람이 나쁜 사건에 대해 좋은 의견을 갖는다면 그 사건은 좋은 사건이 된다.

102 거짓과 맹신이 짝짓기하면 여론을 낳는다.

103 거짓은 진실을 위험하게 만드는 질문자가 종종 범하는 죄다.

104 거짓말쟁이에게는,

진실을 말하는 것보다 진실을 생각하기가 더 섬세하고 중요하며 더 어려운 일이다.

105 모든 사람이 시작한 일을 마무리 짓는 건 몇몇
사람뿐이다.
그렇듯, 온갖 범죄며 큰 사건들은 모두의 마음속에
씨를 품고 있다. 하지만 일정한 수의 마음속에서만
싹을 틔우고, 더 적은 수의 마음속에서만 발현한다.

106 우리가 아는 모든 것은 우리가 하는 모든 행동에 쓰일
수 있다. 지성은 모든 것을 사용하는 능력이다.
따라서 그것은 일종의…… 불멸이고,
천재적인 솜씨에는 범죄가 있다.

107 어떤 범죄들은 그 발생과 실현이 성행위의
이완과 사정에—그 행위의 과정이자 갑작스런
결말인—그리고 심지어 최종 안도감에 비교될 수 있다.

108 어둠이 잠을 깨운다.

109 때때로 우리는 꿈에 묶였다가
잠에서 깨면서 풀려나고
때로는 불면에 묶였다가
꿈속으로 풀려나며 안도한다.

110 이상하고 터무니없는 것들, 조합들, 묘사하기 힘든

기이한 지각들, 기억이 꿈에 대해 우리에게 들려주는
이러한 것들은 잠 속에서는 정상적인 산물로, 자연스런
상태로 간주될 수 있다. 왜냐하면 동일한 잠 속에서
이런 이상한 것들을 보는 우리를 사로잡은 놀라움은
그것들의 기이함의 결과로 간주되는 게 아니라
그것들과 동일한 원천, 동일한 본질을 지닌 것으로,
그것들과 마찬가지로 똑같이 맹목적으로 생겨난
것으로 간주되기 때문이다.
꿈속에서는 모든 것이 꿈만 같다―생리적 현상만 예외다.

111 더없이 무용하고 덜 현실적이며 덜 인간적인 것이 아닌
다른 무엇에 몰두하는 건 미친 짓이다.

112 **진화**

식인풍습은 정신을 잡아먹고, 시간을 잡아먹고, 명예를
잡아먹고, 사람들의 평판을 잡아먹고, 그들의 재산을,
재능을, 시간을 잡아먹는 풍습이 되었다…….
인간적 가치들을 잡아먹는 건 곧 산 사람을
먹는 것이다!

113 과거는 우연으로 산다. 모든 사건은 기억을 끌어낸다.

114 너는 네 안에 있는 모든 기억의 미래가 아닌가? 어느

과거의 미래?

115 눈과 손, 목소리와 기억이 사물을 훑고 그것을 무한히
제 것인 양 굴어도 지치지 않는다면 그 사물은
완벽하다.

116 우리는 알지도 못한 채 줄곧 내기를 건다. 그러다
내기에 지고는 당황한다.

117 인간의 피부는 세상을 두 개의 공간으로 분리한다.
색깔 쪽과 통증 쪽······.

118 내게 가장 생경한 느낌을 안기는 건 냄새다.
나는 냄새를 통해 낯선 도시에 있게 된다.
냄새 없는 거리에선 새로울 게 하나도 없다. 하여,
내 후각이 잔뜩 민감해질 때 나는 이방인처럼
파리를 거닌다.

119 건강하다는 건 필연적인 기능들이, 의식하지 못하는
가운데, 혹은 기꺼이 작동하는 상태다.

120 신에 맞서는 가난한 생명들의 대연합, 대결탁.
늑대와 어린양조차 그들을 만든 고약한 자연에 맞서

손을 잡는다.

121 제국의 수명은 힘과 그 주체들의 정신활농와
반비례한다.
분수 넘치는 권력의 희생자인 나폴레옹은 결국
제 힘을 파괴하고 말았다.

122 강자들을 위한 격언: 누군가 네 신발을 핥거든 그자가
너를 물기 전에 밟아버려라.

123 힘의 약점은 힘을 믿는 데 있다.

124 만약 인간이 눈을 감는 일만큼이나 쉽게 즉각 자신을
제거할 수 있다면……
만약 우리가 지금 이 순간에 바라는 것이 이루어진다면
이내 우리는 무언가를 바라는 걸 불구덩이에 들어가듯
두려워할 것이다.

125 **귀신학**

악한 영靈은 수없이 많다. 그것의 완전한 목록을 세울
수 있다고 누가 나설 수 있을까? 그런 영靈 가운데
하나라야 그걸 시도할 수 있을 것이다.

126 **휴머니즘**

"히말라야는 나를 질리게 한다.

폭풍은 나를 지치게 한다.

무한은 나를 잠재운다. 신은 지나치다……."

127 옴짝달싹 않는 이 느낌, 소파에 들러붙었다는
이 확신은—아마도—바로 지구의 움직임에
실려가는 느낌이리라. 이 휩쓸림의 느낌을
우리는 휴식이라 부른다.

가을

128 낙엽. 가을이 죽고 난 뒤, 생명의 색채들보다 훨씬
요란하고 훨씬 다양한 색깔들로 더 아름다워진 숲.
이때도 우리가 '자연'을 말할 수 있을까? 죽어가거나
죽은 사물들이고, 그 광채도 생명이 떠난 기관들의
몰락에서 나오는 것인데.
저 포기, 저 부패, 저 느린 산화작용이 우리 눈에는
강렬하고 긍정적인 가치들로 보인다.
'누가 한 일일까?'
나는 몽상에 잠긴다. 생성과 해체에 대해 생각한다.
철학이란 없고, 그저 말의 의미에 내적인 변화만
일어날 뿐임을 내가 알지 못했다면 아마 이런 걸
'철학적' 몽상이라 불렀을 것이다…….

129 세상이 끝날 때……

신이 뒤돌아보며 말한다. "꿈을 하나 꿨네."

II

인간

사랑의 절대성은
사랑하는 자의 항구적인
불안에서 알아본다.

1 인간은 소비될 처지다. 타인들에 의해서건 자기 자신에
의해서건. 그것을 우리는 인간의 가치라고 부른다.
그 가치를 제거하면 인간은 아무것도 아니다.

2 인간은 그저 거죽으로만 인간일 뿐이다.
살갗을 벗겨내고 해부해보라. 거기서부터 기관이
시작된다. 이내 너는 네가 아는 모든 것과 이질적이어서
설명할 길 없지만 본질적인 물질 속에서 길을 잃는다.
네 욕망, 네 감정과 생각에 대해서도 마찬가지다.
이 모든 것들의 친근함과 인간적 외관은 시험에서
사라진다. 언어를 제거하고 살갗 아래를 보려 들면
눈에 보이는 것에 길을 잃게 된다.

3 인간은 있을 수 있는 온갖 고통과 지고의 쾌락을 지고
두 다리로 버틴다. 비밀처럼, 숨은 보물처럼, 모든
것의 종말을 보증하는 확실한 담보물처럼—모든 걸
요약하는 하찮은 것처럼—제 죽음을 지고 두 다리로
버틴다.

4 극단 상황—죽음 같은—에서 다시 살아난 이들은
소생하며 무한정 같은 말을 되풀이한다. 그들은 서너
개의 생각 사이를 오가는데, 그 생각들은 그들에게
정신의 네 벽과 같아서 마치 공처럼 이 벽에서

저 벽으로 튕겨진다.

내가 죽고 난 뒤 나에 관해 표명될 의견의 수를
헤아리는 데는 손가락 몇 개면 충분하다. 이
보잘것없음은 인간의 상상에 그리 명예가 되지 못한다.

5   존재하지 않는 것이 존재하는 것보다 강하며, 그것이
인간의 빈번한 상태다.

6   인간은 거의 사는 내내 이어지는 10분 또는 10초 안에
자신이 벼락 맞지 않으리라는 데 무의식적으로 내기를
건다. (생각조차 해보지 않고) 자신이 그렇게 가깝고 짧은
시간 안에 죽을 리 없다고, 살아 있을 게 확실하다고
느낀다. 자신의 지속성을 느끼고, 그것이 당연하다고
느낀다. 이 느낌은 어떤 식으로도 자기 몸이 금세
차가워질 리 없다고 생각하는 것만큼이나 사실이고
혹은 진실이다.

7   인간은 두 발로 선다.
사계절 내내 마주하고 짝짓기를 한다.
반대를 표시할 엄지손가락을 가졌다. 잡식성이다.
부재하는 사물들에까지 관심을 쏟을 수 있다.
생각, 성찰, 강박관념 등의 이름으로 밤새도록
지속적으로 꿈꿀 수 있고, 제 꿈을 지각과 결합할 수

있으며, 거기서 행동 계획을, 움직임의 연동을, 본능과
욕구의 재구성 따위를 끌어낼 수 있다.
인간은 환경을 바꿔놓는다. 축적하고 보존하고
예견하고 혁신한다. 인간에겐 그럴 수단들이 있다……

8   신은 약자들 속의 모든 분노를, 난폭한 자들 속에
감춰진 모든 나약함을, 똑똑한 자들 속에 숨겨진
온갖 어리석음을, 순수한 자들의 온갖 비열함을
주시했다……

9   자연에 반反하는데 인간이 갈망하는 모든 것이 인간의
천성이다.
인간에게 제 조건을 숨기는 모든 것이 '신의 것'이며,
반대로 인간에게 결함을 보여주는 모든 것도 그렇다.

10   우리가 어떤 사람이건 있는 그대로의 모습에 가치를
부여할 것.

11   자신의 한계를 간파하고 발견하고 받아들이는 이가
자신의 한계를 느끼지 못하는 사람들보다 훨씬
보편적이다.
이 유한은 저들의 무한을 스스로 내포한다고 느낀다.

12 늙어가는 사람은 왜 최근의 기억은 자주 잃어버리고
오래된 기억은 되찾을까?
그림이 늙어가면서 밑그림을 드러내듯이.
마치 최근의 그림이 가벼운 소재에 그려진 듯이,
노인의 현재가 점점 더 피상적으로 변해가는 듯이
그의 감수성이 고스란히 밴 시간의 기억들이 다시
나타나는 것이다.

13 인간은 긍정할(표현할) 줄 모르는 것을 부인하려 든다.

14 인간은 생소한 것에 대해 영원히 불평한다.

15 이해하는 사람들은 이해하지 못하는 사람들을
이해하지 못한다.
이해하지 못하는 사람들은 이해하는 사람들이
이해한다는 걸 의심한다.

16 말살된 평균. 가장 비열한 자와 가장 용기 있는
자에게는 달아날 기회가 똑같이 있다. 보통으로 용감한
자들과 보통으로 겁 많은 자들보다 더 큰 기회가.

17 어떤 이들은 더없이 평범한 일에서는 열등하고, 희귀한
일에서는 우월하다. 햇살이 눈부실 때는 앞을 못 보고

어둠 속에서 잘 보듯이.

18 어떤 존재의 진짜 비밀은 타인에게보다는 자기
　 자신에게 더 비밀이다.

19 인간은 저마다 드러내는 것으로 서로 구분되고,
　 저마다 숨기는 것으로 서로 닮았다.

20 모든 인간은 어떤 기적을 기다린다.
　 자기 정신의, 혹은 자기 몸의, 혹은 누군가의, 혹은
　 사건의 기적을.

21 인간은 자신이 한 짓을 안다―자신이 하려 했던 것의
　 실현 여부를 확인할 수 있다는 대단히 좁은 한계
　 내에서.
　 그러나 자신이 한 짓을 어떻게 했는지도, 그것을
　 어떻게 할 수 있었는지도, 앞으로 할 수 있을지도 알지
　 못한다.

22 인간은 자신이 원하는 것은 (때때로) 알고, 자신이
　 행하는 것은 알지 못한다. 나는 내 걸음이 내가 원하는
　 곳으로 어떻게 가는지 알지 못한다. 내가 원해서
　 기꺼이 행한 것의 결과도 알지 못한다. 인간은 제

'생각들'에 의해, 그리고 제 기억에 의해 관찰되고
염탐되고 감시된다.

아주 사소한 구실도 좋다.

23 인간은 자기 생각보다 무한히 복잡하다.

24 인간은 상황에 따라 호랑이로, 두더지로, 소로,
문어로, 원숭이로, 거미로, 새로 변한다. 그는 모든
동물의 전술들을 가지고 있다. 물고, 흉내 내고,
짜고, 노래하거나 울고, 어떤 계획을 좇을 때마다
내적으로 변하고, 동물학이 묘사하는 수많은 유형
가운데서 본보기가 될 행동을 찾아낸다. 모든 종은
언제부터인지는 알 수 없지만 실행하고 있는 무언가에
능숙하다. 인간은 이것저것 조금씩 다 한다. 전문인
동물이 하는 것보다 세부적인 면에서는 덜 능숙하지만
전반적으로는 따라간다.

25 인간은 괴물이다. 인간은 온갖 술책을 동원해 자신의
괴물성을 지키고 과장하려고 분투한다. 그는 파괴의
힘으로 창조의 왕이다. 인간은 창조를 희생시켜야
창조할 수 있다.

26 대부분의 사람들은 상상으로 천 번 자신을 제거했고,

희망 속에서 천 번 열광했으며 신격화되었다.
그들은 천 번 세상을 파괴했고, 천 번 재창조했다. 이
양자택일밖에 없다.
무無와 무한은 감성이 일상적으로 만들어내는 두 개의
산물이다.

27 말 한마디, 몸짓 하나, 눈길 한 번으로 모든 관계를,
생명을, 작품을, 믿음을 무너뜨릴 수 있다. 그렇게
별것 아닌 것으로 그 모든 걸 창조하기란 무척 어려운
일이다. 그러나 그런 일이 일어나기도 한다.

28 많은 사람들이 좋아하는 것은 통계학적 특징들을
지녔다. 평범한 자질들.

29 인간의 강점은 약점이기도 하며 약점인 만큼 더
강점이다.

30 손이 닿지 않는 짐승 둥지를 없애려고 숲 전체를
태우듯이, 거슬리는 것만 정확히 없앨 줄 몰라서
우리는 서로를 죽이고 완전히 파괴한다.
우리가 그런 생각을—혹은 그 힘을—근본적으로
말살할 수만 있다면 한 인간을 살육할 필요는 없을
것이다.

31 우리는 소화가 안 되는 건 토한다.

금은을 경멸한다고 떠벌리는 사람은 바로 그 점에서
약한 모습을, 돈에 짓눌리고 작아지고 묶일까 두려움을
보인다. 알지 못한 채 무시해서도 안 되고, 알고서 무시
못해도 안 되는 것이 돈이다.

32 가난뱅이는 부자에게 쉽게 일어나는 변화의 산물이다.
부자는 가난뱅이에게 어렵게 일어나는 변화의
산물이다.

33 나는 차렷 자세를 취하는 군인의, 고개 숙이는
성직자의 태도에 깃든 동의와 합의를 상당히 좋아한다.
그것은 인간에게 몰개성을 부여해 인간을 곤경에서
구해내고 지켜준다. 그 태도는 이렇게 말한다. 나는
카이사르에게—신에게—돌려준다…….* 그러니
이제 우리는 서로 빚진 게 없다. 나는 너에게 하나의
태도를, 외적 행위를 제공한다. 네가 받아 마땅한
건 그것이 전부다. 너와 따질 일은 없다. 네가 최고
강자다—그렇지만 넌 그저 최고 강자일 뿐이다.
이렇게 인간은 사물의 형태를 취한다. 작아지는

---

* "가이사(카이사르)의 것은 가이사에게, 하나님의 것은 하나님께
바치라"(마태복음 22:21)라는 성경 구절을 함축한 표현.

것보다는 차라리 아무것도 아닌 편이 낫다.

34 사랑의 절대성은 사랑하는 자의 항구적인 불안에서
알아본다.

그 무엇도 그를 온전히 가라앉히지 못한다. 지고한
단계의 사랑은 대상으로 삼은 존재를 창조하려는
의지이기 때문이다. 그런 사랑은 기이하고 절망에
찬 하나의 작품이며, 사랑하는 존재는 그 작품의 한
조각, 한 순간, 한 장의 밑그림, 하나의 생각을 이룬다.
거기에 만족하는 자는 결코 이 탁월한 불행을, 다시
말해 진정한 사랑을 창조하는 위대한 예술가가 되지
못할 것이다.

35   **사랑**

사랑은 모방이다. 우리는 사랑을 배운다. 말, 행동,
'감정'까지도 배워서 터득한다. 책과 시의 역할. 독창적
사랑은 대단히 희귀할 수밖에 없다.

36 어떤 이들은 사랑이라는 사건의 흐릿한 부분에 끌리고,
다른 이들은 명료한 부분에 끌린다.

어떤 이들은 그 불안과 탄생과 불확실성에, 처음엔
자기 내면에서, 얼마 후엔 두 존재 간에, 마지막엔 서로
맞물리는 장치의 기관들 사이에서 일어나는 그 모든

더듬거림에 끌린다.

또 어떤 이들은 격렬한 순간에 이끌려서 그 순간만
지나면 숙면을 취할 것이다.

37 유혹하는 마음

인간은 좋은 음료를 가득 채운 술잔을 앞에 두면 어쩔
도리 없이 마실 생각을 하듯이―깎아지른 듯 높은
곳에 서면―필연적으로 추락을 생각한다. 그래서
매 순간, 그 순간의 천진한 마음과 하나가 될 유혹에
빠진다. 그 마음이 보는 것을 원하고 그 자리의
사물들이 요구하는 것을 곧장 실행한다.
그것이 유혹하는 마음이다. 생겨나는 상태들의 권위다.
굳게 닫힌 장롱은 푸른 수염의 아내를, 사과를, 이브를
요구한다. 우리 안에는 독자적인 많은 기다림들이 있다.

38 우리는 우리가 아는 사람 대부분을 단 하나의
수식어로 '판단한다'. 그는 바보다, 불한당이다,
천재다…… 걸물이다. 그러나 우리가 사랑하는
사람들을 어떻게 형용할지 모르는 것 같다. 진정한
우정이나 깊은 사랑의 모든 초월적 본질은
파악되지 않는다.
사랑하고, 감탄하고, 숭배하는 일에는 그 진실을
표현하기 위해 표현력의 부정적 기호들이 활용된다.

게다가 모든 강렬한 감정은, 멀리서 와서 갑작스런
반응을 부추기는 모든 건 언어의 복잡한 메커니즘을
즉석에서 분해한다. 그러므로 침묵, 감탄 혹은 상투적
표현은 순간의 능변이다.

39 청각의 세계에서 침묵은 제 역할이 있다. 침묵이
도드라지는 시간이, 장소들이 있다.
그런 공백 속에서는 귀가 쫑긋 서고 점점 깨어난다.
음악은 그런 공백들을 자리매김할 줄 안다.
다른 침묵들도 있다. 어떤 상황의 세계 속에서도
침묵들의 기능이 있다. 심포지엄에서 갑자기 대답이 안
나올 때, 사랑이 생겨날 때, 희망이 무너졌을 때……

40 사랑과 사랑의 슬픔은 때론 우리가 쫓아버릴 수
없는 노래 같다. 우리는 씁쓸하고 미련한 애정에
학대당한다.

41 때때로 인간은 단순히 무언가를 하기 위해 사랑을
한다. 한가로운 시간이나 목적 없이 남아도는 에너지의
역할이 크다. 주머니에 돈은 있는데 할 일이 없는 사람.
빈둥거리며 돌멩이를 던져 나뭇가지를 부러뜨릴 궁리나
하는 사람처럼.

42 선물에, 선행에, 관심에, 찬사에, 자신을 위해 행해진
희생에, 사람들이 보여주는 사랑에 무감각한 사람은
그 사람들을 그에게 빚진 사람들로, 타산적인 사람들로
여기거나 그걸 약점의 증거로 생각해 나쁜 행동들에서
도출될 판단보다 훨씬 더 무서운 판단을 내릴 단서나
동기로 삼으려 든다.

43 ### 지혜

지혜는 사랑을 피해 달아난다.
짐승이 불을 피해 달아나듯.
지혜는 타버릴까 겁낸다.

지혜는 사랑을 찾는다.
똑똑한 존재가
불길을 피해 달아나지 않고 입김을 불어
불을 제 힘으로 삼고 철을 녹이듯이.

그렇게 사랑은 지혜에 제 힘을 빌려준다.

44 ### 사랑의 듀오

—당신 뭐하는 거야? 표정이 꽤나 괴로워 보이고,
눈길을 보니 내가 아닌 다른 무언가를 찾는 것 같아
보이는데.

─행복하다고 느끼려고 애쓰고 있어.

45 행복은 두 눈을 감고 있다.

46 행복은 시간의 손에 들린 가장 잔인한 무기다.
좋은 기억은 잃어버린 보석이다.

47 기쁨이란 할 수 있는 한 많은 것을 기쁨의 원천이나
원인으로 바꾸는 존재의 전신적 흥분의 폭발이다.
그것은 한 존재로부터 발산해서 그가 보는 모든 것을
황금빛으로 물들이는 에너지 같은 것이다.

48 왜 웃음은 참고 미뤘다가 혼자 있을 때 터뜨려야 할
무엇이, 무례가 되지 않았을까? 웃음은 단지 몇몇
경우에만 적절치 못한 것으로 여겨진다. 그리고 눈물도
마찬가지다.
왜 이 두 가지 얼굴 발작 중 하나는 우리가 상황을
압도하며 대처하고, 넘쳐흐르는 감정을 표출하고
있음을 보여주고, 반면에 눈물을 동반하는 또 다른
발작은 정확히 어떻게 응수해야 할지 모를 어떤
사실이나 생각 앞에서 대개는 쓸쓸하고 때로는 달콤한
쇠약을 고백하는 것인지 우리는 알지 못한다.
그리고 결코 어느 쪽도 단순하지 않아서 기쁨의

눈물도 있고, 독 품은 웃음도 있다.

49 고통은 참으로 빠르게 작용하고 사라져서 지속된다고
느낄 겨를이 없으니 사실 아무것도 아니다. 고통의
실체는 예측 고통이다. 네가 고통받을 때면 넌 이미
늦었다.
너는 고통이 떠난 자리에 있다.

50 때로 우리는 살 속에 박혀 보이지 않지만 견디기 힘든
가시 때문에 온 세상을 향해 까다롭고 혹독하게 군다.
아무도 그 가시를 보지 못하지만 온 세상이 그걸로
인해 고통받는다. 우리가 그걸 감춘 채 그로 인해
고통받기 때문이다.
가시를 빼버리면 우리는 '선량'해질 것이다.

51 본질적으로 불안에 떠는 사람은 두려워할 무엇을
찾는다. 그는 음악은 가졌는데 가사가 없는 것이다.
그래서 가사를 찾아내고야 만다. 어떤 재앙을
만들어내는 것보다 정신에 비용이 적게 드는 일이 없다.

52 늘 불안에 떠는 사람은 불안을 찾는다.
늘 두려움에 떠는 사람은 두려워할 것을 찾는다.
오만한 자는 모욕거리를 만들어낸다.

치아가 아픈 자는 혀로 그 치아를 건드려 자극하고
통증을 일깨운다.
이 모든 경우는 주기와 받기, 산출하기와 지각하기를
구성하는 감각의 원리를 보여주는 본보기다.

53   가까이 들여다보면 경멸 속에 숨은 은밀한 부러움이
보인다.
당신이 경멸하는 것을 잘 상상해보면 그것은 당신이
여전히 누리지 못한 어떤 행복이고, 얻지 못한
어떤 자유이며, 용기이며, 능수능란함이며, 힘이며,
특권이다. 그래서 당신은 그 경멸로 자신을 위로하고
있는 것이다.

54   권태는 얼굴이 없다.

55   인간 안에는 아첨해주면 비밀까지 내놓는,
허영심이라는 이름의 배신자가 있다.

56   우리는 한 인간에 대해 이렇게 말한다. 얼마나
어리석은지! 저렇게 바보처럼 허영심 가득할 수
있다니!
그러나 그가 혹여 마법처럼 그 허영심을 벗더라도,
훨씬 섬세한 다른 허영심이 찾아와 앞선 허영심을

대체하지 않더라도 미망에서 깨어난 그 존재가
제 뇌를 태울 거라고는 생각되지 않는다. 그는 최선을
다해 비존재로부터 자신을 지킨다.

57 허영심이란 타인들이 우리에 대해 가질지도 모를
의견에 민감해지는 것일 뿐이다.
자존심은 그 의견에 냉담한 것이다. 그러나 어떤
이들은 자존심이 약해서 그런 냉담을 흉내 내거나
세상으로부터 멀어져 고립됨으로써 그렇게 보이려
애쓴다. 그들은 속이는 것이다. 다른 이들은(어쩌면
존재하지 않을지도 모르는) 다 알면서도 자신에게 향하는
감정들을 완전히 무시한다.

58 모든 인간 안에는 다섯에서 여덟 살 사이의
어린아이가 숨어 있는데, 이 나이는 천진난만함이
죽어가는 시기다.
숱 많은 눈썹, 덥수룩한 수염, 묵직한 눈길, 털북숭이의
위압적인 사람—허세 덩어리—안에 숨은 이 아이를
정신의 눈으로 보아야 한다. 깊이라곤 없는 이
허세덩어리에는 풋내기가, 멍청이가 혹은 잔꾀 많은
인간이 숨어 있다가 나이가 들면서 이런 괴물로,
강자로 변하는 것이다.

59 우리가 어떤 사람이었는지는 중요치 않다! 획득한
    영광은 현재를 모욕하고 학대하고 현재의 가치를
    떨어뜨린다. 그것은 후회와 본질이 같다. 그것은
    우리가 잃어버린 것, 우리가 가진 죽은 것을 노래한다.

60 칭찬을 좋아하는 사람은 인간을 업신여기지 않는다.
    비판을 두려워하는 자는 비판을 무시무시한 우상으로
    삼는다. 비판과 칭찬은 누군가 자신이 가진 것 이상을
    우리에게 줄 수 있다고 믿도록 부추긴다.

61 운동선수가 그렇게 오랫동안 짊어진 육신의 무게를
    떠받쳐 가볍게 만들어주는 건 자존심이다. 눈에 보이지
    않는 천사가 육신을 진 인간을 도와주는 것이다.

62 자존심과 명예의 신경을 태워버린 사람들, 더는
    반응하지 않는 사람들, 더는 지각하지 않는 사람들
    가운데 일부는 '성인聖人'이고 나머지는 파렴치한
    자들이다. 한쪽은 광적으로, 다른 쪽은 비굴하게
    변한 것이다.

63 X는 육체적으로 강인한 사람이다—강인함을 특징짓는
    건 쇠퇴다.

64 Z는 천재성을 타고났다―저속한 사람들의 머리로
상상하는 그런 천재성.

그는 질의하고 호통치고 말살한다. 제 머릿속 작은 방
안을 큰 걸음으로 활개 치며 거닌다. 그는 제 걸음만
볼 뿐 방의 협소함은 보지 못한다.

***

65 솔직한 사람이란 단순하게 반응하는 사람이다. 그의
    관계 체계는 '가장 짧은 길들'로 짜여 있다. 우리는 한
    인간의 진솔함을 그가 다른 사람들에게 처신하는 방식
    말고도 다른 많은 흔적들에서도 알아볼 수 있을 것이다.
    그러나 무엇보다 어떤 대상 앞에서건, 어떤 상황에서건
    그가 보이는 반응에서 그의 진솔함을 알아볼 수 있을
    것이다.

66 진짜 '속물'은 지루할 때 지루하다고 털어놓길 겁내고,
    재밌을 때 재밌다고 털어놓길 겁내는 자다.

67 도둑, 가수, 신비주의자, 춤꾼, 영웅, 시인, 철학자,
    사업가 등의 기식자들이 없다면 인류는 동물 사회가
    될 것이다. 혹은 심지어 하나의 사회도 아니고, 하나의
    종도 아니게 될 것이다. 지구는 소금기를 잃을 것이다.

68 익살 광대를 향해 한 번도 걸음을 재촉해보지 않은
    사람이 있을까?

69 도둑은 코미디언이다. 물건이 자기 것인 양 구니까.

70 도둑은 다른 시민들이 가진 더없이 비천한 것만
건드린다. 어쩌면 도둑과 도둑질에 해당하는 것만
건드리는지도 모른다.
자기 의견을 강요하거나 강요하고 싶어 하는 사람은
제아무리 믿음이나 신념을 내세운들 시민들이 가진
더없이 고유한 것을 건드린다.

71 어떤 신문에서 읽는 건 모조리 믿고, 다른 신문에서
읽는 건 아무것도 믿지 않는 이상한 사람을 알았다.
그는 영원히 간힌 괴짜였다.

72 진정한 친구라면 친구에게 감히 이렇게 말할 수 있을
것이다. 널 까맣게 잊고 있었어……

73 순교자: 난 차라리 죽겠소……. 성찰하느니.

74 우리에게 양보하는 자는 우리를 싫어한다. 상냥함과
호의까지 양보하면서도.

75 어떤 이는 타인들을 벌하려고, 그들이 그의 곁으로
돌아오게 하려고, 그들의 마음을 아프게 하려고,
그들의 심장이 견디지 못하게 하려고 죽으려 했다.
기이한 복수다. 일본인은 자신을 모욕한 자의 집 앞에서

배를 갈라 상대가 자신과 똑같이 하도록 내몬다.

76 가장 현명한 사람조차 자신이 이해하지 못하는 것에
부딪치는 매우 인간적인 모습을 보인다.

77 위선자에 대한 찬사: 위선자는 진실한 사람처럼
전적으로 악하거나 나쁠 수 없다.

78 악마가 말한다.
이자는 내가 이길 만큼 충분히 똑똑하지 못했다.
재기가 충분하지 못했다.
이자는 너무도 어리석어 나를 이겼다.
바보를 홀리기란 참으로 난제다!
이자는 내 유혹을 전혀 이해하지 못했다……!

79 어떤 인간이 의지 강한 인물로 여겨진다. 그런데 사실
그에겐 무언가를 원하는 습관밖에 없다.
그에겐 원하기가 가장 쉬운 일이다.

80   **아르파공**[*]

아르파공은 오직 가능성만 좋아했다. 그는 구매력의

---

[*]   몰리에르의 희곡 〈수전노〉의 주인공.

행사에는 자극받지 못했다. 28그램의 금이 제공해줄 수 있을 모든 가능성이 그에게는 가능성을 실현하는 것보다 무한히 더 컸고, 예측을 누리는 일이 그 가능성을 활용하는 일보다 우위를 차지했다. 그는 구체화된 힘의 신비도 좋아했다. 구두쇠는 '영적인' 인물이고, 오롯이 내면적인 삶을 산다.

81 다양한 돈 후안들

돈 후안 1은 간주한다.

여자를 하나의 음표로, 하나의 음색으로, 여러 색 가운데 하나의 색채로. 심지어 그걸 누리지 못하고, 거기서 아무것도 얻어내지 못할지라도, 음계 속에 두어봤자 그것의 가치를 오롯이 얻어내지 못할지라도, 다양성 가운데서 유일무이한 개성을 드러낼 하나의 다양성으로 간주한다. 그는 예술가였고, 한 알 한 알 꿰어 목걸이를 만드는 보석상이었다.

돈 후안 2는 사냥꾼이었다. 그는 제 능수능란함을 사랑했다. 작품을 구성할 숱한 조각들, 숱한 결정타들을 사냥했다.

돈 후안 3은 수집가였다. 그는 모으고, 분류하고, 추억의 앨범을 정리했다.

네 번째 돈 후안은 명인이었다. 그는 관능의 유일무이한 악기 스트라디바리우스를 찾아다녔다.

82 우두머리란 타인들이 필요한 사람이다.

83 모든 모임에서 강하게 말하거나 밀을 잘하는 사람이
주도한다.

84 재기 넘치는 사람이 내게 말했다. 재기才氣란 움직이는
우둔함일 뿐이고, 천재성은 성난 우둔함이죠.
나는 그에게 말했다. "움직이세요. 화를 내세요,
친구……."

85 어떤 이들은 모두가 희미하게 보는 것을 명료하게
보는 재능이 있다. 또 어떤 이들은 누구도 아직 보지
못하는 것을 희미하게 보는 재능이 있다. 이 재능들이
결합되는 건 대단히 드문 일이다.
모든 사람이 결국 전자에 합류한다.
후자는 전자들에 흡수되거나 흔적도 없이 깡그리
파괴된다. 전자들은 숫자 속으로 사라져 한데
뒤섞인다. 후자들은 전자들 속으로, 혹은 순수하고
단순한 시간 속으로 사라진다.
이것이 재기 넘치는 사람들의 운명이다.

86 '천재성'은 몇몇 사람이 가진 습관이다.

87 인간이 똑똑할수록 인간에게 만물과 사건은 어리석다.
짐승 같은 인간을 죽이는 기와(뜻밖의 재난)는 어쩌다
거리를 지나는 행인에게 떨어지는 기와보다 덜
난폭하다. 그 기와는 행인 머리 위로 떨어지는
기와보다 훨씬 질서 속에 있으며, 어떤 면에서는 훨씬
조화롭고 덜 우발적이다.
똑똑한 인간은 이 유형답게 언제나 닥쳐오는 불행을
허튼짓으로 지각한다.

88 어떤 사람이 바보일까? 어쩌면 조그만 것에 만족하는
까다롭지 않은 정신이 아닐까. 바보는 현자가 아닐까?

89 천재란 천재성을 내게 나눠주는 사람이다.

90 인간은 사는 문제에 대한 정확한 해결책이 못 된다.
그의 내면에는 미묘한 것이 너무 많다. 사냥하고
때때로 사랑도 하는 동물로서 제 의무를 다하는 데
필요한 것 이상을 가졌다. 그러나 그 과잉이 초래하는
번뇌들을 벗어버릴 만큼 충분하진 않다. 재치가 조금만
더 있었더라면 부족한 재치로부터 지켜주었을 텐데.
인간의 천재성은 일탈로 남는다.

91 유능한 사람은 규칙에 따라 틀리는 사람이다.

92 똑똑한 사람의 비밀은 어리석은 사람의 비밀보다 덜
비밀스럽다.

93 위대한 인간은 생각과 실행의 관계가 유난히 정확한
사람이다.

94 위대한 사람들은 모든 걸 사용한다. 하지만 때로는 그
때문에 낭패를 겪는다…….

95 위대한 사람들은 두 번 죽는다. 한 번은 인간으로 죽고,
또 한 번은 위인으로 죽는다.

96 영웅은 재앙을 찾는다. 재앙은 영웅의 일부다.
카이사르는 브루투스를 찾는다. 나폴레옹은
세인트헬레나섬을 찾는다. 헤라클레스는 제 옷을,
아킬레우스는 발뒤꿈치를, 나폴레옹은 그 섬을
찾는다. 잔다르크에게는 화형대가, 곤충에게는 불길이
필요하다. 거기엔 영웅이라는 장르의 법칙이, 역사와
신화학이 앞다투어 확인하는 법칙이 작용한다.

97 가장 위대한 인간은 자기 판단을 감히 믿은
사람들이고, 가장 어리석은 인간도 마찬가지다.

98 악하려면 우선 선해야 한다. 그리고 선하려면 악해야
한다. 그러지 않으면 '장점'이 증발해버려 악하거나
선하다는 말은 머리카락이 금발이거나 갈색이고 혹은
말랐거나 뚱뚱하다는 말처럼 된다.

99 **양념**

선한 사람들에게 악은 선의 양념이다.
악한 사람들에게는 정반대다.

100 선이 우리에게 낯설고 이해 불가능하며 타인의
변덕처럼 보이지 않고 우리의 것처럼, 우리가 마음
깊이 원하는 것의 표현처럼 보인다면 거기엔 쓰라린
회한이 없기에 선을 따르는 것이 미덕일 이유가 전혀
없다.
우리가 선을 행하길 좋아한다면 그건 그저 우리가
좋아하는 것을 행하는 것이므로.

101 선을 선으로, 악을 악으로 갚는 것보다 더 천진한 일이
있을까? 그건 초보적 단계다. 그 결과들을 교차해
악을 선으로, 선을 악으로 갚는 것이 일종의 진보인데,
이것은 첫째로 선량한 존재, 선량한 것 이상의
존재들을 상정한다. 둘째로 이상하고 변태적인 존재들,
타인들보다 훨씬 비인간적인 존재들을 상정한다.

이 두 종은 앞에서 말한 종보다 훨씬 드물다. 그러나
자신에게 좋게 혹은 나쁘게 행동한 사람의 감성이나
지성을 겨냥한 발언으로 여겨질 만한 후속 행동을
하지 않는 종은 더 드물 것이다. 그런 이들은 사물이건
짐승이건 타자를 무한히 이방인으로 여기는 것처럼
보여서 그들과의 관계는 순수히 물리적이다. 그들은
아마도 사랑하는 것, 용서를 싫어하는 것, 복수하는 것,
어루만지거나 위로해주는 것을 오류라고, 발부리에
걸린 돌멩이에 화를 내는 것처럼 헛된 짓이라고,
천진한 어리석음이나 반사적 행동이라고 판단하는
모양이다.

102 우리를 보며 세상의 온갖 악을 생각해주기를 바라게
되는 사람들이 있다. 왜냐하면 일그러진 거울에는
추하게 비치는 편이 좋기 때문이다.

103 인간—한 방향으로만 선량한 사람들이 있다. 그들은
위에서 아래로는 선량하고, 아래에서 위로는 악하다.
그들의 층위를 바꾸면 그들의 마음도 달라진다.

104 선량한 사람들은 은연중에 '못된 사람'에게 세상의
온갖 불행이 닥치길 바란다.

105 타인들을 공격하지 말고 그들의 신을 공격해야
한다. 적의 신을 후려쳐야 한다. 하지만 먼저 그 신을
알아내야 한다. 인간은 자신들의 진짜 신을 공들여
감춘다.

106 친구여, 당신이 하는 그 터무니없는 말이 당신에게는
아마도 빛을 발하는 명백한 사실이겠지요. 당신의
정신은 지칠 줄 모르는 그 말들의 흐름을 자유로이
좇습니다. 당신은 당신의 생각을 대신해서 그렇게
재빨리, 그렇게 말 잘하는 그 이성들의 유창함을
신뢰하고 당신의 입이 방금 당신에게 일러준 것에
감탄하며 생기발랄하게 그걸 반복합니다.
내 친구여, 당신은 당신의 기능에 홀린 겁니다. 당신의
교류장치에는 저항도 마찰도 없습니다. 그 장치는
어쩌면 헛돌고 있는지 모릅니다……

107   **교류**

나는 너를 동물 보듯 바라본다. 그리고 너는 나를 정신
나간 사람 보듯 바라본다.
우리가 얘기할 수 있는 건 음식과 날씨뿐이다.
— 그렇지만 중요한 주제잖아요!
— 아무렴요!

108 짝. 두 사람 중 혼자인 한쪽은 함께 있었을 때와 정확히
동일한 인물이었다. 그리고 함께 살던 다른 쪽은 있는
그대로의 모습대로 혼자였다.
후자는 함께 있으면 잘 견디지 못했고, 전자는 혼자
저녁 식사를 하면서 옷을 차려입었다.
이쪽도 저쪽도 결혼하지 말아야 한다.

109 만물은 가벼울까?─건강의 표시. 그런데 만물을
가볍게 만들어야 할까? 할 수만 있다면 모든 원한을
누그러뜨려야…….
항상 농담하고, 모든 걸 대수롭지 않게 보는 사람은
흘러가는 순간을 잘 나누고, 슬픈 사람들과 무거운
사람들이 저들도 모르게 뒤섞는 것을 재미 삼아 다시
뒤섞는 사람이다.
암울한 것과 진지한 것은 말꼬리와 말장난만큼 기이한
모순이다.

110 ### 인간과 원숭이를 그리는 자

큰 콜롬비아 원숭이는 인간을 보면 바로 똥을 싸서
두 손 가득 들고 던진다. 이것이 입증하는 바는,
첫 번째로 그 원숭이가 정말 인간과 유사하다는 사실,
두 번째로 그 원숭이가 인간을 건전하게 판단한다는
사실이다.

드 루아 씨는 이 날아오는 배설물에 총질로 응수한다.
큰 암컷 원숭이가 떨어진다(수컷은 달아난다).

인간 사피엔스는 원숭이를 일으켜 세우고 감탄스러울
만큼 긴 클리토리스를 관찰하고 재더니 시체를 일으켜
세워 멋진 사진을 찍는다.[*]

111 높은 곳에서 대도시를 내려다보던 어떤 사람은
생각했다. 사람들은 연기를 먹고 사는군.

---

[*] L. 졸로가 쓴 「남미 영장류의 진화에 관한 고찰」을 참고할 것(《르뷔
시앙티피크》, 1929년 5월 11일).

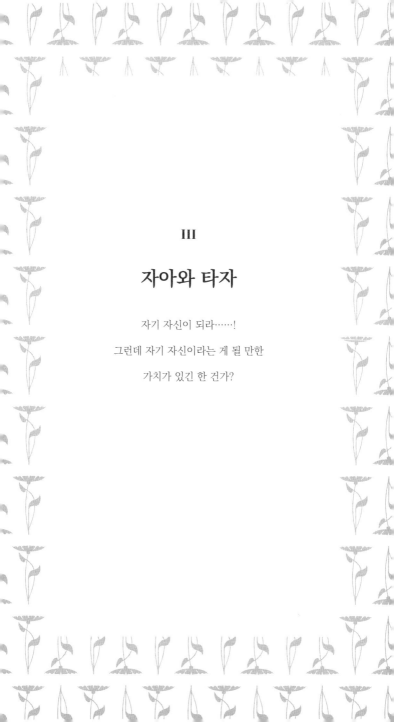

III

자아와 타자

자기 자신이 되라······!

그런데 자기 자신이라는 게 될 만한

가치가 있긴 한 건가?

1   코기토란 무엇인가? 기껏해야 번역할 수 없는 상태를
번역한 게 아니라면?

2   나는 내 마음에 들려고 애쓴다.
나는 조화의 야망을 품고 있다.
나의 당당한 점을 끔찍이 질투한다. 무언가에 대해서가
아니라, 무언가를 만드는 힘에 대해, 그리고 무엇보다
그걸 만들지 않는 힘에 대해 질투한다.

3   **경험**

나는 침대 속에서 왼쪽으로 누워 새우잠을 잤는데
잠자리는 따뜻했지만 매섭게 파고드는 바람의
울음소리에 영혼까지 추위에 얼어붙는 것 같았다.
이것만으로도 이미 아주 흥미롭다. 내 살갗은 청각에
기대어 추위를 탔고, 날카로운 소리에 표면보다는
내적인 전율로 응답했다.
그러자 나는 별 의식 없이 차가운 내 왼손을
오른손으로 감쌌고, 놀라운 경험을 경험했다. 역할의
배분에 따라 왼손은 형태도 본질도 이상한 낯선
대상처럼 느껴졌고, 다른 손은 내 손처럼 느껴졌다. 둘
중 따뜻한 손이 훨씬 내 것이었다.
나는 어떤 발견을 한 느낌이 들었다. 함께 쓰이고
숱한 동작에서 조화를 이루는 두 손이 서로를 모르는

것처럼 느끼다니…….

잠시 후, 생각을 조금 더 진척하자 그 차이가 나라는 생각이 들었다. 단지 그 차이만이 아니라 온갖 종류의 수많은 다른 차이들까지도…….

그러자 그 꿈이 떠올랐다. 30~40년 전에 꾼 꿈속에서 내 손목을 움켜잡았는데, 손목이 밧줄로 변했다. 여행과 난파를 떠올리는 꿈이었다…….

그러니 우리 안에서는 좌우대칭의 구역 사이에 도드라지는 대립과 감각의 분할이 이루어지며, 그중 하나가 일시적으로 '나'를 이루는 것이다…….

우리가 가진 지각신경 체계, 혹은 직감은 참으로 낯선 공간이다.

4   나를 둘러싼 것, 내가 산 것, 내가 쓴 것, 내가 인쇄한 것, 내 자식들, 내 책들, 나의 무질서 또는 질서—이 모든 것은 나보다 더 나를 닮았다. 나의 순간보다 더 안정적인 얼굴을 하고 있다.

5   나……! 나란 다시 말해 더없이 항구적이고 더없이 순종적이며 가장 일찍 깨어나서 가장 늦게 잠드는 너다.

6   자기 자신이 되라……! 그런데 자기 자신이라는 게 될

만한 가치가 있긴 한 건가?

7 자기 자신이 되는 걸 기로막는 방해물을 밀어내기란
어려운 일이다. 동시에 자기 자신이 되도록 강요하는
것까지 밀어내지 않고는.

8 우리는 제 감정들에서 자신을 알아보지 못한다.
그보다 더 생소한 일이 없다—심지어 적대적이다.
우리는 제 최고의 순간들에서도 자신을 알아보지
못한다.
"내게서 나온 것이라기엔 너무 멋져"(이것이 첫
반응이다).

9 오, '나'여, 네 생각을 발견하는 건 네가 아니다.
오히려 생각이 너를 발견하고 너를 채택하는 것이다.
네가 "나"라고 부르는 것, 너의 '나'는 결코 네 생체
깊은 곳에 있지 않다. 네 뇌의 물질 속에는 '나'가 없다.
네 뇌는 생각들을 만들어내듯이 '나'를 만들어낸다.
어떤 생각이 갑자기 떠오르면 돌아온 '나'가 자극받고
자신을 드러낸다.

10 시계가 가리키는 한 시간에서 우리가 실존하지 않는
시간을 뺄 경우, 어쩌면 50분이나 공제해야 할지

모른다.(분자 내의 공백을 제거할 경우 가장 조밀한 금속 1킬로그램이 차지하는 부피가 100분의 1밀리미터도 되지 않을 수 있듯이).

이런 실존의 중단이, 다시 말해 교류전류의 중단에 비교할 만한 우리 감각의 중단이 일어나지 않는다면 삶은 견디기 힘들어질 것이다. 그러니 고통은 실존이 부단히 지속된 결과일지 모른다.

11 우리는 오직 추상적인 소재와 함께할 때만 자아와 잘 지내고 편안하다.

12 민감한 사람들은 목소리가 강하지 않거나 목소리를 내지 않는다. 그들은 자신들이 말하는 것이 아픈 얘기일수록 목소리를 낮춘다. 청각의 수줍음이 있는 것이다. 어조도 마찬가지다. 자신이 무언가를 말하는 소리를 듣는 건 괴로운 일이다. 자기 목소리는 자신을 적으로 만든다.

13 오! 제발…… 입 다물어주세요. 내가 마음속으로 늘 얘기하고 있는 그걸 내게 말하지 말아주세요.

14 인간은 비밀리에 저만의 독특한 감수성을 가꾼다. 그들이 보이는 기이한 행동의 모든 비밀이 거기 있다.

인간은 걸으면서 자기 발의 민감한 지점에 무게를
싣지 않으려 하고, 먹을 때도 신경 써서 아픈 이빨을
피하려고 애쓴다. 그렇게 숨은 기시들을 갖고 있으며,
저마다 다양한 곳에 두고 있다. 그 기원은 다양하다.
유년기, 성性, 등등……
소설 작가들이 이런 것에 대해 충분히 생각해
보았을지 모르겠다.

15 거울 위에서 분주히 움직이는 파리는 자기와 발을
맞대고 움직이고 있는 거울 너머의 파리에 대해 신경
쓰지 않는다. 반면에 매끈한 거울 표면에 붙은 수많은
미세한 것들, 우리가 먼지와 오물이라는 이름으로 한데
뒤섞어 지칭하는 것들에는 관심을 보인다.

16 우리가 자기 자신을 위해 간직하는 생각들은 소멸된다.
망각은 자아가, 내가 아무도 아니라는 걸 보여준다.
나는 생각인 만큼 망각이기도 하다.

17 　　　　　**'나'라는 신**

'나'는 모자로, 지팡이로, 누군가의 아내로 확장되는
미신이다. 그것들에 소유격이 붙으면 성스런 특성을
띤다.
내 모자는 한 가지 믿음을 표현한다(이 모자가 나라는

신과 불가사의한 관계를 맺고 있으며 모자에 미칠 수 있는,
내게만 허용된 행위들이 있다는 믿음을).

내 불행, 내 적······.

이 '나'는 모든 것과 관계있고, 모든 것과
뒤섞인다······.

누가 이 말에서 해방될 수 있을까?

그러나 지혜롭게도 자기 자신에 대해 3인칭으로
말하는 미친 이들도 있다!

다른 모든 사람들은 나라고 주장하는 꾀바른 정신에
소유당하고 사로잡혀 있다.

18 **밤의 대화**

─누구세요?

─나!

─나라니, 누구?

─너.

그러곤 깨어난다. 너와 나.

19 죽어가는 사람이 누군가 내미는 거울에 대고 말했다.
"아듀, 앞으로는 볼 일이 없겠군요······."

20 모든 생각과 혼잣말이 일어나도록 내버려두면서
기분 좋다고 느끼기란 힘들다. 하지만 그럴 때 우리는

심지어…… 나쁘지 않다.

모든 걸 혼잣말로 한다는 건 모든 속사들을 버리는
일이다—순수한 나를 지향하는 것이다.

21 나의 우연이 나보다 더 나다.

한 사람은 수많은 비인격적 사건들에 대한 응답일
뿐이다.

22 선을 행하게 될까 봐, 오직 그 두려움 때문에 악을
행하는 사람은 선을 행할 때 자신을 경멸했다. 그는
연민에 넘어간 걸 견디지 못했다.

23 **타자**

어떤 것 때문에 생겨난 분노는 다른 것으로 옮겨간다.
그 다른 것이 때론 꽃병이고 가구다. 우리 분노의
첫 폭발을 받아줄 타자가, 신이, 탁자나 세면대가
필요하다. 우리에게서 갑작스레 일어나서 난데없는
큰 파도처럼 순간을 덮치고 모든 저항을 쓸어가는 이
반응의 절정은 놀랍다. 그 휩쓸림은 참으로 격렬해서
존재를 심지어 자기 자신과 충돌시켜 스스로 타자가
되게 하는데, 고삐 풀린 격렬한 힘을 약화시키려면
이 타자를 깨뜨려야 한다. 그러자면 우리가 전적으로
무지한 '나'라는 것의 진짜 본성에 대해 성찰해볼

필요가 있다. 이것이 주는 효과는 너무 굶주려서 기상천외한 허기를 가라앉히기 위해 제 손이라도 먹으려는 인간이 낼 효과만큼이나 놀라울 것이다.

24 욕망으로 만사에 뒤얽히고, 혐오감으로 욕망에서 분리되는 우리는 나타날지도 모를 기회와 행동들을 무디기로, 아주 가까이에 부재한 상태로 품고 있다. 실현 가능한 행위들, 실현 불가능한 행위들, 혹은 즉흥적으로 생겨나는 변화들을. 그중 어떤 것은 깊이 성찰해보면 실현 가능하고, 어떤 것들은 그렇지 못하다. 실현 가능한 것들 가운데는 그 순간에 바람직해 보이거나 흥미를 끌지 않아 보이는 것들도 있고, 혐오스런 것들도 있다……

우리가 행하지 않는 것, 결코 행하지 않을 것, 이런 것이 당신의 얼굴을 그린다. 그것이 나의 윤곽, 내 안의 윤곽이고, 그것이 나를 이루는 것이다. 이를테면, ─나는 이런 쓰레기를 먹지 않겠어. 그러느니 차라리 죽겠어!

─나라면 그런 생각은 절대 하지 않았을 거야!

─어떻게 등을 대고 맘 편히 잘 수 있어? 그걸 믿어? 이 책을 읽어?

우리는 수많은 불가능으로 이루어졌는데, 그 불가능 가운데 많은 것이 영원하지 않아서 우리는 결국 언젠가는 등을 대고 잔다…….

욕망이 제 대상을 만들어야 하는데 천하게도 대상이
욕망을 만든다.

25 **내 이름은 '아무도아니(페르소나)'다**

자기 안에 위대한 무언가를 품은 자들은 그것을
자신의 페르소나와 결부하지 않는다. 오히려 반대다.
페르소나란 무엇인가? 하나의 이름, 욕구, 강박증,
기벽, 부재이며 코를 풀고, 기침을 하고, 먹고, 코를
골고, 기타 등등을 하는 어느 누구이다. 여자들의
노리개, 더위와 추위의 제물. 부러움과 반감, 증오나
조롱의 대상이다…….

그러나 전기작가는 그 페르소나를 노린다. 전기작가는
진부하고 비루한 면모들과 피할 길 없이 보편적인
참담한 숱한 면모들 틈에서 그의 눈길을 사로잡는
위대함을 끌어내려고 몰두한다. 그는 자신이 다루는
인물의 양말들, 애인들, 온갖 하찮은 것들을 헤아린다.
요컨대 그는 그 인물의 온 생명력이 하려 했던
것과 정반대되는 일을 한다. 그 인물은 생명이 모든
유기체에 부과하는 비루하고 단조로운 유사성들에
맞서, 생명이 모든 정신에 부과하는 비생산적인 사고나
교란에 맞서 분투했다. 그의 착각은 자신이 찾는 것이
상대가 발견했거나 산출한 것을 야기했거나 '설명'할

수 있다고 믿는 데 있다. 그러나 대중의, 즉 우리
모두의 취향에 대해서는 그의 생각이 틀리지 않다.

26 인간에게는 직접적이든 아니든 자신의 영광을
지향하는 것이 아닌 무엇도 글로 쓰지 못하게
금지되어 있다.
'나는 아무것도 아니야'라고 당신은 쓴다. 나의
벌거벗은 모습을, 나의 오점들, 나의 악덕들, 나의
결핍들을 보시오, 등등.
그리고 사람들이 그 말을 듣게 하려고 자기 가슴을
친다.

27 "내 왕국은 이 세상에 있지 않다"라고 말하지 못할
사람이 어디 있을까? 모두가 그런 지경에 있다.

28 이 멍청이는 말한다. "나의 명성…… 나의 며-어-엉-성!
명성이란 당신들이 만든 나의 거짓 이미지를 흉내
내기 위해 내가 쏟아야 하는 비참한 노력 아닌가?"

29 이름난 사람은 감시당하는 사람이다. 그도 그렇게
느끼기에 행동과 심지어 생각까지 그로 인해 달라진다.

30 내가 아이들을 좋아하는 건 아이들은 즐거울 때

즐거워하고, 울 때 울기 때문이다. 그런 행동이 어려움 없이 이어진다. 그러나 아이들은 그런 여러 얼굴을 뒤섞지 않는다. 매 단계는 다른 단계로부터 순수하다. 하지만 우리는……

31 정신이 건강한 사람은 내면에 미치광이를 품은 사람이다. 거짓말과 가장假裝이 분별 있는 정상 상태를 규정한다. 사회 환경은 우리의 즉각적인 반응에 일종의 압박으로 작용한다. 우리가 자기 자신과 동일한 인물이 되고 그렇게 남도록 속박한다. 우리가 행위들을 예상할 수 있고, 믿을 수 있고, 상당히 이해할 수 있을 인물로 남도록…… 그러나 그저 화를 한 번 내는 것만으로도 이 외양의 조약은 깨지고 만다. 대개는 그러다가 마는 길을 분노가 끝까지 좇는다면 살인에까지 이를 것이다. 성났다가 '다시 이성을' 되찾은 사람은 마치 막 무대를 떠나온 배우가 된 기분이다. 그러나 그가 벗은 역할과 얼굴이 진짜 인간의 역할이고 얼굴이다. 때때로 그가 내려놓는 그 상태, 그 상태에서 그가 한 행동은 그의 눈에 다른 사람의 행동처럼 보인다. 그는 거기서 자신을 알아보지 못한다. 그는 자기 자신에게 이해 불가능한 존재가 되었다. 정확히, 발병한 정신장애인이 그걸 지켜보는 증인들에게는 이해 불가능한 것처럼. 분노 대신에 성행위를 예로 들어도 마찬가지일 것이다.

32 모든 도덕은 결국 여러 인물을 연기하는 인간의
    속성에 달려 있다.

33 '위대한 사람'이 된다는 건 당신에게서 나오는 모든
    것을 좋아하도록, 갈망하도록 사람들을 길들이는 것일
    뿐이다. 사람들이 음식에 길들듯이 그의 자아에 길들게
    하는 것이다. 그러면 그들은 그의 손바닥을 핥는다.
    따라서 위대한 사람에는 두 가지 유형이 있다. 첫 번째
    유형은 사람들이 좋아하는 것을 제공한다. 두 번째
    유형은 사람들이 좋아하지 않는 것을 먹도록 가르친다.

34 나와 친근하게 대화를 나누는 사람이 대중을 상대로
    말하는 걸 들으면 종종 낯설게 느껴진다.

35 우리에게 쏠린 판단들이 우리를 충격에 빠뜨리는 건
    모든 판단이 생겨나는 데 필요한—그리고 반드시
    우리에게 부과되는—피할 길 없는 단순화 때문이다.
    '단순화'되는 것보다 더한 굴욕이 있을까?

36 우리의 지각과 생각의 대부분은 별 볼일 없는 것들이다.
    중요한 것들은 우리 몸이나 우리 주변인들의 눈에
    띄어 전체에서 끌어내진다. 우리 고유의 역할은 더없이
    미미하다.

37 어떤 이들은 스스로 알고 있는 강박증들을 부각하며
퍼뜨린다. 그러면서 만족감과 강박증과 자기애를
얻는다.

38 진지한—먹는 동물의 진지함, 젖을 먹이고 새끼들을
핥아주는 암캐의 진지함.
직무의 진지함.
게임의 진지함.
진지함은 가면의 표현이다. 중요한 직무를 행하는데
독립적인 여러 직무의 협력이 요구될 때 관측되는
표현이다.

39 진지한 사람은 '진지한 것들'에 대해 일종의 본능을
느낀다. 이 본능은 다른 모든 본능처럼 맹목적이다.
기이한 놀라움들, 놀라운 오류들을 이 본능이 처리한다.
진지한 사람은 자신이 줄곧 다른 진지한 사람들에게
당하고, 절도당하고, 속았다는 걸 알아차리지 못한다.
그가 그런 사람들만 믿기 때문에 그런 일은 반드시
일어날 수밖에 없다.
진지한 사람이 천진하지 않다면 대단히 무시무시한
사람이다. 그는 자신과 비슷한 사람도 가벼운 사람도
신뢰하지 않는다. 하지만 그 때문에 그는 자기
자신에게도 무시무시한 존재다.

가벼운 사람들의 힘 또는 구원은 만물의 가벼움에
있다.

40 진지한 사람은 아이디어가 많지 않다. 아이디어가 많은
사람은 결코 진지하지 않다.

이중성

41 네가 이중 플레이를 하며 두 개의 역할을 맡고 있다고
보이려면 네 역할을 하라.
절개 없는 것처럼 보이려면 생긴 그대로 있으면 된다.
절개 있건 없건.

***

42   누군가의 어떤 눈길은 나의 의문 품은 비전에 참으로
꼭 들어맞는 조각이어서 나는 그의 모든 생각과
저의를 알아맞힌다. 마치 그것이 그로 향하는 문을
열어주는 열쇠이기라도 한 것처럼.

43   모든 비판, 모든 비난은 결국 이런 말을 하는 것이다.
"나는 네가 아니다." 그래서 거기엔 잔인성이—다시 말해
몰인정이, 떨어지는 돌과 그 돌에 깔려 죽는 동물의
차이처럼 본질적인 차이가—끼어든다.
이해하면서 동시에 처벌하는 건 불가능한 일이다. 만약
판관이 죄인이 된다면 그는 죄인의 깊은 통찰력, 다시
말해 자신의 통찰력에 따라 판결된다. 그런데 죄의
내면을 파고들어 보면 어디에 죄인이 있고, 어디에
판관이 있을까?

44   네가 말하는 모든 것은 너에 대한 얘기다. 네가 다른
사람에 대해 말할 때 특히 그렇다.

45   너나 내게서 나온 동일한 생각은 나의 반박이나
동의를 부추긴다(그러자면 그런 생각이 분명히 나로부터
나온 것이라는 확신이 전제되어야 한다).

46 어떤 사람이 우리보다 "더 똑똑하다"고 말하는 건 그가
    우리보다 우리 안에 있는 것들의 주인이라는 말이다.
    너는 내 말을, 내 이미지들을 나보다 더 잘 조종한다.

47 누군가 내게 뭘 묻는 건 자신에게 뭔가를 대답하지
    못해서다. 이건 '생리적'인 문제다.
    그게 아니라면 그는 내 대답에 늘 흡족해할 것이다.

48 모든 토론에서 사람들이 옹호하는 건 어떤 주장이
    아니라 바로 자기 자신이다.
    모든 토론은 결국 상대에게 바보나 불한당의 색이나
    얼굴을 씌우려는 것이다.

49 누군가는 한편으론 자기 자신이 마음에 들고, 다른
    한편으로는 마음에 들지 않는다……. 우정과 사랑의
    모든 어려움이, 미궁이, 시詩가 바로 거기 있다.
    복잡한 존재가―정작 자신은 언제나 스스로 단순하다고
    믿는데―복잡한 존재를―이 사람도 자신을 단순하다고
    믿고 상대에게도 단순해 보인다―만나는 일이기
    때문이다.

50   **얼굴**

    어떤 얼굴은 밀어내고, 어떤 얼굴은 끌어당긴다.

전자들은 처음엔 밀어내다가 끌어당기고, 후자들은 그
반대다.

결코 익숙해지지 않는 얼굴들이 있다—너무 잘
생겼거나 너무 못생긴 얼굴들이다.

어떤 얼굴들은 대단히 개성 있고, 또 어떤 얼굴들은
보편적인 외양을 보인다. 단정하고 무표정하다.

새로운 얼굴에 익숙해지는 건 새로운 언어를 배우는
것과 마찬가지다. 우리는 차츰 있는 그대로를 지각하길
관두고 얼굴이 이번에 알리는 것만 받아들인다.
변함없는 특징들은 무감각해진다. 친근한 얼굴은
그때그때의 변화로 우리를 유혹한다.

51 누군가 말한다. "뭐라고요? 지금 그 말을 나한테 한
겁니까?"

—다른 사람에게 말해도 되나요? 제 말을 누구에게
털어놓아야 할까요? 더없이 내밀하고 뜨거운 이것,
당신을 향한 이 불만을 대체 누구에게 들려줘야
할까요?

52 어떤 형이상학적 이론도 주어진 어느 순간에 존재하는
사람들의 수를 헤아리지도 않고 신경 쓰지도 않는다(그
사람들의 다양성에 대해서도, 그 실제 편차에 대해서도 신경
쓰지 않는다).

53 그 개인, 의식, 영혼들의 수는 무질서한 조건, 다시
   밀해 모든 차원의 조건에 달려 있다.
   삶, 의식, 지식은 예속된다. 무엇보다 실존의 이런
   조건들에 예속된다. 나는 존재한다는 많은 사람이
   존재한다의 결과다. 수많은 사람이, 그것도 매우 다양한
   사람이 존재한다. 그 가운데 나는 존재한다. 고로 나는
   존재한다.

54 사람들은 타인들의 자산에 대해선, 특히 그들의
   즐거움에 대해선 엄청나게 헤프다. 그들은 말한다.
   희생하라. 버려라. 나라면 그런 것 없이도 잘 지낼
   것이다.

55 인간은 가는 건 생각하는데 돌아오는 건 잘 생각하지
   않는다.

56 우리가 자기 자신과 맺는 관계를 보면, 우리는 자신을
   판단하고, 놀래키고, 모방하고, 미워한다.
   이건 우리가 타인들과 맺는 것과 정확히 동일한
   관계다. 우리는 오직 우리만을 위한 관계를 만들어내지
   못한다.
   우리는 두 순간으로 이루어졌다. 마치 '무언가'가 제
   자신보다 늦는 것처럼.

57 저마다 누군가에게 무언가를 감추고, 저마다 자기
자신에게 무언가를 감춘다.
따라서 '진정성'에는 두 가지 측면이 있다.

58 신경 쓰이는 건 타인의 견해뿐이다. 우리가 만들어내는
것들에 열정적이고 각별한 관심을 보이는 타인들의
견해 말이다. 일반적인 견해는 관심 없다. 그것은
작업의 용이함과 어려움을 착각하게 할 뿐이다.
일반적인 견해가 뭔가를 우리에게 보여준다면
그건 그 견해뿐이다.

59 많은 비판적 추론들이 하는 말은 결국 이런 것이다.
"나는 당신이 내가 아니고, 나 같지 않고, 나와 부합하지
않는 것이 원망스럽다."
우리를 사방에서 거울로 비추는 이 결론 앞에서
우리는 혐오감에 뒷걸음친다.

60 우리가 가장 애지중지하는 작품이, 심지어 우리의
이상이 타인의 세계에서 미미한 자리를 차지하거나
혹은 숫제 자리를 차지하지 못한다는 걸 떠올리고
깨닫는 데는 강력한 상상력이 필요하다.
받아들이긴 더없이 쉽지만 우리의 생각 속에 그것이
자리해 변함없이 작용하도록 유지하는 것보다 어려운

일이 없다.

61 큰 오만은 자신을 타인 대하듯 하고, 타인을 자기
    자신 대하듯 하는, 다시 말해 잘못 대하는 자신에게
    항시적으로 불만을 느끼는 데 있다.

62 타인을 향한 증오는 자기애보다 훨씬 명백하다.

63 누군가를 후려치는 건 그의 관점에 서는 일이다.

64 어느 전투가 벌어지는 국면에서 자기 적수말고 누굴
    더 닮을 수 있을까?

65 전쟁에서 적과 비슷해지는 것, 적만이 지닌 특성에서
    적을 능가할 정도로 닮아버려 적보다 더 적 같고,
    모델보다 더 모델에 가까워지는 것보다 더 효과적이고
    아름다운 방법이 없다.
    그러고 나서 그 허수아비를 쓰러뜨리고 다시 자기
    자신이 되면 승리하는 것이다.

66 우리의 진짜 적은 말이 없다.

67 인간은 모든 걸 보듯 반드시 자기 자신을 바라보아야

한다.

68 스스로를 거울에 비춰보는 건 존재와 그 역할을
맞대면시키는 것이다.
눈은 그걸 보며 놀란다. 전체는 거울이라는 수단을 통해
부분으로 모습을 드러낸다.

69 내 안에는 바보가 하나 있는데, 나는 그 바보가
범하는 잘못을 이용해야 한다. 밖으로는 그 잘못들을
숨기고 변명해야 한다. 그러나 안으로는 그것들을
부인하지 않고 활용하려 애쓴다. 이것은 결핍, 망각,
분산, 돌풍에 맞서는 영원한 싸움이다. 하지만 나는
누구인가? 그것들이 내가 아니라면?

70 내면적 인간은 오직 자기 자신과 싸울 수 있다. 그래서
수천 가지 다양한 얼굴을 한 자신을 친다. 내가 적敵을
관념적으로 때려눕히면 나 자신을 때리는 것이다.

71 인간은 자기 자신에 대해 너무 조금, 너무 조금밖에
알지 못한다. 그러니 그의 고백, 그의 '진정성'은
우리가 쉽게 상상하지 못하는 대단히 중요한 무언가를
일러줄 수 있다.

72 우리는 마치 (몇 년 된) 사진에서 자기를 알아보듯이 제
    습관과 강박증에서 자신을 알아본다.

73 저마다 자기 자신만 빼고 온 세상이 미쳤다는 걸
    이따금 발견한다.
    그리고 또 이따금, 그러나 훨씬 드물게, 자신만 빼고 온
    세상이 합리적이라는 사실도 인정한다.

74 자기 자신과, 자신의 몸과, 자신의 자아와, 자신을
    가장 직접적으로 규정하는 것과 대면하고서도 인간은
    자연스레 탐색하고 분석하고 바꾸려는 자의 태도를
    취한다. 스스로에게 낯선 자가 된다. 자신을 타진한다.
    자기 존재에 작용한다. 자신의 일부만 보고 제 표피의
    여러 부위와 불균등하게 가까워져서 발견들을 한다.
    이 영역에도 "너 자신을 알라Gnothi seauton"가 있는데,
    여기서도 소크라테스가 탐색하다가 길을 잃은 다른
    영역만큼 불완전하며, 느닷없이 보강되기도 하며,
    근본적으로 유한하다.

75 자기 손을 바라보는 자는 자기 자신이 없는 곳에서
    자신이 존재하고 행동하는 걸 본다.
    생각하는 자는 자신이 아닌 것에서 자신을 관찰한다.

76 자기 자신을 안다는 건 행실을 개선하는 게 아니다.
자기 자신을 안다는 건 자기 죄를 사면하기 위한
우회일 뿐이나.

77 위대한 정신들은 스스로 뭔가를 위대하게 만든다고
믿는다. 무언가 커지는 것을 믿는데, 그건 공통된
믿음들을 믿지 않고 자기 자신을 믿는 것이다. 공통의
믿음은 커진다는 느낌을 안기지 않는다.

IV

문학

욕설에도 찬사에도 휘둘리지 않는 이들,

어조, 권위, 폭력, 모든 외적인 것에 동요하지 않는

이들을 위해서만 글을 쓰고 작업할 것.

1   오랫동안, 오랫동안 인간의 목소리는 문학의 토대이자
    조건이었다. 목소리는 초기 문학을 설명해주는데, 그
    초기 문학으로부터 고전이 형태와 경이로운 바탕을
    갖췄다. 목소리 아래 현존하는 인간의 온몸은 생각의
    매체요 균형 조건이다……
    어느 날 우리는 소리 내거나 듣지 않고 눈으로 읽을 줄
    알게 되었고, 그러자 문학은 완전히 달라졌다.

2   발성하던 것에서 끄적이는 것으로—리듬 맞춰 잇던
    것에서 즉석 사진처럼 즉각적인 것으로, 청중이
    받아들이고 요구하던 것에서 빠르고 탐욕스럽고
    자유로운 눈이 받아들이고 담아가는 것으로 변했다.

3   인간의 삶은 두 개의 문학 장르 사이에 자리하고 있다.
    우리는 자신의 욕망을 글로 표현하는 걸로 시작해
    회고록을 쓰는 걸로 끝낸다. 우리는 문학에서 나와
    문학으로 돌아간다.
    나는 언어에 대해 더 기품 있고 깊이 있는 생각을
    제공해주는 책을 아름다운 책이라고 부른다. 아름다운
    몸을 보는 것도 삶에 대한 우리의 생각에 기품을
    더해준다.
    이런 지각 방식은 책들이 자유로운 정신과 의식으로
    말의 세계를 어떻게 파악하고 배열하는지에 따라 전체

문학을, 그리고 각각의 책을 판단하도록 이끈다.

4   규정 불가능한 것. 영광은 대중이 쉽게 규정하지
    못하는 작품들, 단순한 범주로 분류되지 않는 작품들에
    쉬이 들러붙지 않는다. 더구나 이 복잡성은 작품
    안에서만 만나는 게 아니라 캐릭터 안에서도 만나기
    때문에 몇 개의 수식어로 분해되지 않는 인물들에게는
    '공감'이 일지 않는다.
    우리의 판단에는 이런 숨은 공리가 내포되어 있다.
    모든 개인과 모든 작품은 몇 개의 수식어로 규정될 수 있다.
    수식어의 수가 늘어나면 작품이나 인간의 실존은
    위태로워진다(여론의 세계에서).

5   종종 문학작품의 혼동이 일어나 처음엔 정신을
    들쑤시고 자극하는 작품들과 정신을 깊이 파고들어
    정돈해주는 작품들이 잘 구분되지 않는다. 읽는 동안
    정신이 자기 자신과 멀어져서 기쁜 작품들이 있는가
    하면, 읽고 나서 자기 자신으로 돌아오는 것이 어느
    때보다 즐거운 작품들도 있다.

6   문학, 또는 '뒤늦게 깨닫는 굼뜬 머리'의 복수.

7   한 작품의 모든 부분이 '작용해야' 한다.

8   한 저작의 부분들은 하나 이상의 끈으로 이어져
    있어야 한다.

9   작품이 아주 짧다면 가장 사소한 디테일의 효과는 그
    크기가 작품 전체의 효과와 같다.

10 두 가지 말 중에 더 작은 말을 골라야 한다(그런데
    철학자도 이 작은 조언을 들어야 한다).

11 형태는 작품의 뼈대다. 뼈대가 없는 작품들도 있다.
    모든 작품은 죽는다. 그러나 뼈대를 가진 작품들은
    그 잔해 때문에 말랑한 부분으로만 이루어진 다른
    작품들보다 오래 간다.
    작품은 언젠가는 더 이상 즐거움과 자극을 주지
    못한다. 그렇지만 교육용으로 열람되는 두 번째 삶을
    살 수 있고, 정보용으로 세 번째 삶도 살 수 있다.
    처음엔 기쁨을, 다음엔 전문적 가르침을, 마지막엔
    기록을 제공하는 것이다.

12 고전 작가는 생각의 연상 작용을 감추거나 제거하는
    작가다.

13 "미안""내가 하려던 말은""그렇지?" 등등.

이 모든 시행착오는 글로 쓰인 언어에서는 사라진다.
그리고 그것이 문체의 첫 번째 행위다.

14 더없이 아름다운 문체 속에서 문장은
그려지고—의도가 짐작되고—내용은 영적으로 남는다.
어떤 면에서 말은 빛처럼 무엇이건 관통하고 접촉해도
순수한 상태로 남는다. 그리고 헤아릴 만한 그림자들을
남긴다. 그것이 만들어낸 색채들 속에서 소멸되지
않는다.

15 문학의 언어적 조건을 망각한다는 공통점을 지닌 모든
믿음을 나는 문학의 미신이라 부른다. 이를테면 내장
빠진 산 자들, 즉 인물들의 심리와 실존이 그렇다.

16 언어는 어리바리하다—건망증이 있다. 한 단어의
연이은 의미들은 서로를 알지 못한다. 그 의미들은
기억 없는 조합에서 나온 것이어서 세 번째 의미가 첫
번째 의미를 알지 못한다.

17 라신은 부알로에게 편지를 써서 「아가서」 2장에 관해
쓰고, 부알로에게 "불운한 이"라는 말 대신 "가난한
이"라는 단어를 사용하는 데 대해 논의한다. 미를 낳는
순수의 원자 같던 이런 세심함은 문학의 관심 밖으로

완전히 사라졌다.

18 우리가 진짜 작가들의 글을 읽으며 배우는 건 자유다.
이름 없는 평범한 언어를 받아들여 독창적인 언어를
내놓는다. 시시한 작가들을 읽으며 부끄러워할 줄
알아야 한다고 느낀다.

19 삶의 대상이 그렇듯 문학의 대상도 불확정적이다.

20 나는 좋든 나쁘든 끝나리라고 확신하는 작품들에
대해서는 별 의견을 갖고 있지 않다. 그런 작품들은
언제나 끝낼 수 있을 것이다. 그런 작품들엔 본질적인
불확실성이 부족하다.

21 깊고 준엄한 지성을 갖춘 사람이 문학에 관심을 가질
수 있을까? 어떤 관계로? 그가 머릿속 어디에 문학을
둘까?

22 한 원숭이가 받는 인상을 글로 표현한다면 오늘날 큰
문학적 가치를 갖게 될 것이다. 그 원숭이가 인간의
이름으로 서명한다면 천재적 인물이 될 것이다.

23 글 쓴다는 건 예견하는 것이다.

24 우리가 얼마나 자신을 모르는지는 우리 자신이 쓴
글을 다시 읽으며 헤아리게 된다.

25 여러 주제와 관련해 사람들이 자기 자신은 잘
이해하지 못해도 서로를 이해하곤 한다. 의미를
파악하지 못하고 헤매는 혼자에게는 모호한 단어가
서로에게는 명료한 것이다.

26 어떤 '관점'—내 관점일 경우는 드물다—에서는
우리가 아름다운 작품이라 부르는 것도 저자의 끔찍한
실패처럼 보일 수 있다.

27 작품을 말하는 자는 희생을 말하는 것이다. 가장 큰
문제는 우리가 무엇을 희생할지 결정하는 일이다.
누가, 누가 잡아먹힐지를 알아야 한다.

28 내 흥미를 끄는 건—그런 일이 일어난다면—작품도
아니고, 작가도 아니고, 작품을 이루는 무엇이다.
모든 작품은 한 '작가'의 것이기보다는 많은 다른
것들의 작품이다.

29 문학적 이상은 결국 자기 페이지에 '독자'밖에 놓을 줄
모르게 되는 것이다.

30 만약 온 세상 사람이 글을 쓴다면 문학의 가치는
어떻게 될까?

31 문학적 수단으로서 죽음은 쉬운 방편이다. 이 모티프의
사용은 깊이의 부재를 보여주는 표시다. 그러나 대개는
죽음 속에 무한을 자리매김한다.

32 문학에서 죽음은 저음이다. 딱히 할 말이 아무것도
없다. 그걸 활용하는 자들은 아무거나 마구 지어내는
작자들이다. 그들은 정신이 오직 입술로만 사색할 수
있는, 어떤 사실에 대한 생각을 정신의 뜻과 무관하게
한껏 자유로이 활용하는 것이다.

33 나는 가짜 깊이를 싫어한다. 하지만 진짜 깊이도
그다지 좋아하지 않는다. 문학적 깊이란 특별한 과정의
결과다. 그것은 다른 과정과 마찬가지로 한 과정을
통해 얻어지는 하나의 결과다. 사유의 책이—깊이
있는 책 말이다—어떻게 만들어지는지 보기만 해도
알 수 있다. 그 저수조의 깊이가 40센티미터이건 4천
미터이건 뭐가 중요하겠나? 우리를 매혹하는 건 그
광채다.

34 수단 가운데 가장 손쉬운 것은 강도剛度다. 왜냐하면

다른 말보다 강한 말을 쓰는 데 더 많은 힘이 필요한
건 아니니까. 피아노보다 투티나 포르티시모를 쓰는 데,
정원보다 우주를 쓰는 데 더 많은 힘이 드는 건 아니니.

35 표절자는 타인들의 재료를 잘못 소화한 자다. 그는 그
재료를 알아보기 어려운 조각들로 만든다. 독창성은
위胃의 일이다.
독창적인 작가는 없다. 그런 이름에 걸맞은 작가들은
무명이다. 심지어 알 수 없다. 그러나 독창적인 듯이
여겨지는 작가들은 있다.

36 본질을 빠뜨리는 것보다 더 문학적인 게 없다.
수많은 『돈 후안』이 쓰였다. 돈 후안에 관한 글도
천 번 넘게 쓰였다. 그러나 내가 아는 한
에로티시즘에서 이루어진 그 행복한 성공의 있을 법한
원인들에 대해서는 누구도 생각해보지(혹은 지어내지)
않았다. 돈 후안이 타고난 재능도 요구되고, 아마도
지성과 수완도 요구되는, 한마디로 작업이 요구되는
분야에서 전문가이자 실천가라는 점은 절대 말하지
않는다.
돈 후안은 단지 유혹만 한 게 아니라 결코 실망을
안기지 않았다(이는 유혹과는 전혀 다른 얘기다). 그래서
그가 떠나면 여자들은 절망했다. 이것이 핵심이다.

37 우리 눈에 체계가 보이는 문학은 가망 없다. 우리가
체계에 관심을 기울이면, 작품은 그저 문학의 한
실례라는 가치밖에 갖지 못한다. 작품은 체계를
이해시키는 데 쓰일 뿐이다.

38 나는 모든 예술에서, 특히 글 쓰는 예술에서 어떤
즐거움을 이야기하려는 의도가 저자의 어떤 이념을
떠안기려는 의도에 서서히 굴복해가는 걸 지켜본다.
만약 국가의 법률이 익명을 강제해서 그 무엇도
어떤 이름을 달고 출간될 수 없다면 문학은 완전히
달라졌을 것이다—그리고도 문학이 살아남는다고
가정한다면…….

39 ## 독서 풍습

이 풍습들이 온 문학을 지휘하고 있다.
가장 비중이 큰 풍습 가운데 하나는 생각을
면제해주는 것이다.
그걸 우리는 기분 전환이라고 부른다.
읽는다 = 생각하지 않는다.
그런가 하면, 생각할 거리를 주는 읽기도 있다.

40 재빨리 글로 쓰는 대신 돌에다 새겨야 했다면 문학은
완전히 달라졌을 것이다.

이제는 문학을 받아쓰는 지경에 이르렀다!

41 고전주의, 낭만주의, 휴머니즘, 사실주의…… 등의
말을 가지고—진지하게—생각하기란 불가능하다.
술병의 상표만 보고는 취할 수도 없고 갈증을 해소할
수도 없는 법이다.

42 한 예술가의 이론들은 그가 좋아하지 않는 것을
좋아하도록, 그리고 좋아하는 것을 좋아하지 않도록
언제나 그를 유혹한다. 문학은 즐거움, 가르침, 설교
또는 선전, 자기 훈련, 타인들의 자극 사이에서
흔들린다.

43 가장 중요한 글들은 이런 내용에 바쳐졌다.
너는 네가 사랑하는 것을 사랑하지 않는다.
너는 네가 사랑하지 않는 것을 사랑한다.
너는 있는 그대로의 네가 아니다. 그리고 그 역도
아니다.

44 작가님, 어느 편이 더 좋으십니까? 단 한 사람에게 천
번 읽히는 것과 십만 명에게 단 한 번 읽히는 것 중에?
문인은 대답한다. "십만 명에게 천 번 읽히는 것이죠."

45 다른 글로 표현할 목적을 가진 글이 산문이다.

46 아이러니란 의도에 상반되는 기호를 사용하는 양태다.
"씁쓸한 미소." 왜일까? 자유를 표명하려고.
우리가 느껴야 하는 것처럼 느끼지 않으려고(혹은
그렇게 느끼고 싶지 않으려고).
새로운 관례…….

47 시인 안에서
귀는 말하고
입은 듣고
눈뜬 지성이 낳고 꿈꾼다.
졸음이 명료하게 본다.
이미지와 환상이 바라본다.
결핍과 공백이 창조한다.

48 시인은 아름다운 언어적 사고事故가 속할, 이해할
수 있고 상상할 수 있는 표현 체계를 찾는 자다.
시인이 만났고, 깨웠고, 우연히 부딪쳤고, 시인으로서
본능적으로 주목한 어떤 말, 어떤 말들의 조화, 어떤
구문의 생동감, 어떤 등장 같은 사고事故 말이다.

49 시—소리와 의미 사이에서 길어지는 망설임.

50 '천재성'을 타고난 것과 생존 가능한 작품을 만드는
것은 뿌리 깊이 다른 일이다. 세상의 모든 전달
수단들은 언제나 이목을 끌지 않는 요소들만 제공한다.
상당히 정확한 계산 없이는 작품은 가치가
없다―통하지 않는다. 탁월한 시 한 편은 한 무더기의
정교한 추론을 전제한다. 관건은 그 많은 힘이 아니라
힘의 적용이다. 그렇다면 누구에게 적용해야 할까?

51 우리가 한 가지 형태를 채택하거나 만들어낼 때
가정되는 모든 탐색을 그려본다면 어리석게 그 형태를
속내와 맞세우지는 않을 것이다.

52 우리가 형태에 이르게 되는 건 독자에게 되도록
최소한의 몫을 남기려고 고심할 때이고, 되도록
불확실성과 자의성을 스스로 덜 허용하려고
고심할 때다.
나쁜 형태란 우리가 바꿀 필요를 느끼고 스스로
바꾸는 형태다. 좋은 형태란 우리가 다행히 바꾸지
못해 반복해서 모방하는 형태다.
형태는 본질적으로 반복과 연관 있다.
따라서 새로운 것에 대한 숭배는 형태에 대한 고심과
상반된다.

53 괴상한 법칙 덕에 프랑스 고전 시에서 애초의
'생각'과 최종 '표현'의 거리는 벌어질 대로 벌어진다.
이건 내단히 심각한 결과다. 받은 감동 혹은 구상한
의도와 그 의도를 재현해줄, 혹은 그와 유사한 감정을
재현해줄 장치의 완성 사이에 작업이 자리한다. 모든
것은 다시 그려진다. 생각도 재개된다.
한 가지 부언하자면, 이 시를 가장 높이 끌어올린
이들은 모두 번역자였다. 옛사람들의 글을 우리 언어로
옮기는 데 단련된 번역자들.
그들의 시에는 이런 습관의 흔적이 남았다. 시는
아름답지만 불충한 번역이다―순수한 언어의
요구들에 부합하지 않는 것에 불충한.

54 생각에서 운율을 찾는 것보다 운율이 (문학적) '생각'을
낳을 확률이 훨씬 크다. 모든 시가, 특히 1860년대부터
1880년대 사이의 시가 바로 그런 확률에 토대를 두고
있다……

55 생각은 과일 속 영양분처럼 시 속에 감춰져 있어야
한다. 과일은 양식이지만 그저 별미처럼 보인다.
우리는 자양분을 얻지만 즐거움만 지각한다. 과일이
주는 감지하기 어려운 양식을 매혹이 가리는 것이다.

56 시의 주제는 인간에게 제 이름이 낯선 만큼 시에
낯설고 또 그만큼 중요하다.

57 시인은 더없이 실리적인 존재다. 게으름, 절망, 언어의
돌발 사고, 독특한 시선 등 더없이 실용적인 사람이
버리고, 거부하고, 무시하고, 제거하고 잊는 모든 것을
시인은 거둬들이고, 예술을 동원해 그것에 어떤 가치를
부여한다.

58 이 시인은 주어진 걸 해체하고 새롭게 조합해서
진짜를, 새로움을 만들어내니 얼마나 부유한가!

59 서정은 감탄의 전개다.

60 서정은 행동하는 목소리를, 우리가 보거나 현존한다고
느끼는 것들로부터 직접 나오거나 야기되는 목소리를
가정하는 시 장르다.

61 ## 철학적인 시

나는 인간적 고통의 장엄함을 사랑한다.[*]

---

[*] 프랑스의 낭만주의 시인 알프레드 드 비니(1797~1863)가 쓴 시 「목자와
집」의 한 구절.

비니: 이 시는 성찰을 위한 것이 아니다. 인간적 고통엔 장엄함이 없다. 따라서 이 시는 성찰되지 말아야 한다. 그래도 이건 아름다운 시다. "상엄"과 "고통"이 주된 두 단어로 멋진 조화를 이루기 때문이다.

이급후중, 치통, 불안, 절망한 이의 쇠약엔 위대할 것도 엄숙할 것도 전혀 없다. 따라서 이 아름다운 시에 의미는 있을 수 없다. 그러니 무의미에도 멋진 울림은 있을 수 있는 것이다.

마찬가지로 위고의 글에는 이런 시구가 있다.

흉측한 검은 태양이 어둠을 발산한다.

생각을 불가능하게 하는 이 부정적 시구는 경이롭다.

62 작가의 '어조'는 중요하다. 어조를 통해 우리는 그가 누구를 대상으로 말하는지 즉각 알게 된다. 작가가 생각 없는 청중을, 대중을, 현혹하고 도취시키고 뒤흔들어야 할 피상적인 한 청년을—혹은 마음을 열기 어려운 의심 많은 개인을—혹은 모든 걸 말하게 내버려두고, 받아들이고, 포착하고, 앞지르고, 그러나 글로 쓰인 모든 걸 서둘러 파기하는, 가벼우면서 깊이 있는 사람들 가운데 한 사람을 상상하는지 말이다. 어떤 작가들은 그들 독자의 말 없는 대답을 전혀 생각하지 않는 것 같다. 그런 작가들은 입만 헤 벌린 존재들을 위해 글을 쓴다.

……인간은, 누구보다 무의식에 자신을 내맡기는
시인은 무의식에서 자신의 힘과 '진실'을 발견하고,
점점 더 자기 독자의 어리석음에 기댄다.

63 시는 잔존물이다.
언어가 단순화되고, 형태들이 변질되고, 형태들에
무관심한 시대에 시는 **보호종**이다. 내 말은 오늘날엔
우리가 시를 짓지 않는다는 뜻이다. 더구나 어떤
종류의 의식儀式도 만들지 않는다.

64 사람들은 대개 시에 대해 대단히 모호한 생각을 품고
있고, 그 모호성 자체가 그들에겐 시의 정의가 된다.

65 프랑스에서는 시인들을 중요하게 고려한 적이 없다.
그래서 프랑스에는 국민 시인이 없다. 볼테르가 그런
시인이 될 뻔했다.
그러나 시인은 창조물 가운데 가장 취약한 인물이다.
사실 시인은 손으로 걷는다.

66 **시인**

위고가 자신을 엄청나게 키워 신의 경지에 올려주리라
상상했던 것은 그를 우스꽝스럽게 만들 뿐이었다.
그건 잘못된 계산이다. 시인은 시를 고백하고, 자기

작업을 털어놓고, 시풍詩風에 대해 말해야 한다.
신비스런 여러 목소리를 제 목소리로 삼을 게 아니라.
이미지 하나, 운율 하나로…….
그러나 시가 무의미한 말의 나열로 제시된다면
사람들이 시를 견딜 수 있겠는가?

67 어떤 소설가가 내게 말했다. 인물들이 그의 머릿속에서
탄생하고 이름이 붙자마자 그의 안에서 제멋대로 살아
움직였다고. 그 인물들은 소설가가 자신들의 의사를
받아들이고 자신들의 행동을 주시하도록 압박했다.
그리고 그의 힘을 차용했고, 그리고 틀림없이
그의 몸짓과 목소리를 내는 장치들도 차용했다.
나는 그런 식으로 인물들을 통해 자기 책의 실체를
만들어낼 수 있다는 게 편리하고 감탄스럽게 여겨졌다.
생생히 살아 있고 자유로운 그 피조물들을 불러내기만
하면 당신의 눈앞에서 자기들 역할을 척척 해내니
말이다.
그래서 나는 자의성이라는 느낌도 소설가의 느낌이
아니라는 결론을 내렸다…….

68 소설은 정확히 평범한 시선이 보듯 사물과 인간을
본다. 소설은 사물과 인간을 키우기도 하고
단순화하기도 한다……. 그것들을 꿰찌르지도 않고

초월하지도 않는다.

소설가들의 '심리학'은 우연한 개별적 관찰로 확인할
수 있는 수준을 넘어서지 못한다. 소설은 현미경과
망원경을, 프리즘과 편광계를 배제한다.

따라서 소설이 '사실주의'를 표방할 때는 천진한
관찰에 그치겠다고, 그 관찰로 통상적인 언어를
기록하는 데 그치겠다고 주장하는 것이다.

그러나 독자가 까다로워진다면 통상적인 언어로는
더 이상 독자를 감동시키지 못한다. 그러면 사실주의
소설가는 '문체'의 과장을 통해 눈속임 효과를
내려고 애쓴다. 공쿠르, 위스망스가 등장한다……
통상적인 사물들을 암시하기 위해 독특한 언어가
불려 나온다. 모자는 괴물이 되고, 불굴의 수사들을
무기처럼 갖춘 사실주의 주인공이 말을 달리며,
문체 모험의 서사시 속에서 사실을 부각한다.

69 사실주의 소설과 동화의 차이를 보려면
천진난만해야 한다!

***

70 욕설에도 찬사에도 휘둘리시 않는 이들,
어조, 권위, 폭력, 모든 외적인 것에 동요하지 않는
이들을 위해서만 글을 쓰고 작업할 것.
'똑똑한' 독자를 위해 글을 쓸 것. 과장에도 어조에도
압도되지 않는 이를 위해.
당신의 생각대로 살든지 아니면 그 생각을 파괴하거나
거부할 이를 위해—당신이 그 생각에 대한 전권을
부여할 이를 위해. 건너뛰고, 지나가고, 따라가지 않을
권리를 소유한 이, 반대로 생각할 권리를, 믿지 않을
권리를, 당신의 의도에 동조하지 않을 권리를 가진
이를 위해.

71 진짜 좋은 규칙들.
좋은 규칙이란 최고 순간들의 특징을 환기하고
불러일으키는 규칙들이다. 그런 규칙은 좋아하는 그
순간들에 대한 분석에서 얻어진다. 그 규칙들은 작품을
위한 것이라기보다는 저자를 위한 것이다.

72 작가들. 이들에게 한 문장은 서둘러 먹느라 무얼
먹는지 느끼지 못하는 사람의 먹는 행위나 삼키는
행위 같은 무의식적 행위가 아니다.

73 문학에는 정확히 무슨 말을 해야 할지 모르지만 글을
쓰려는 욕구를 강하게 느끼는 사람들이 그득하다.
무슨 일이 일어날까? 사람들은 일어나는 일을, 아무
비용도 들지 않고 아무 무게도 나가지 않는 일을
쓴다. 그러나 처음 쓴 이 말들을 좀 더 힘 있는 말들로
대체하고, 무게를 입히고 다듬는다.
모든 힘은 이런 대체 작업에 쓰인다. 그렇게 해서
독특한 '아름다움'에 이른다. 이런 대체 체계는
정돈되어야 할 것이다.

74 "나의 시는 잘 썼건 못 썼건 언제나 무언가를 말한다."
이 말은 무한한 혐오의 원인이며 싹이다.
"잘 썼건 못 썼건"이라니—이 무슨 초연함인가!
"무언가를"이라니—이 무슨 오만함인가!

75 낙천주의자들은 글을 잘 못 쓴다.

76 기억력은 작가의 판관이다. 기억력은 작가가 쉬이 잊힐
법한 형태들을 구상하고 고정한다고 느끼면 경고한다.
작가 자신이 그걸 간직할 것 같지 않은데 괜한 헛수고
말라고 말한다.

77 '작가'는 자신이 생각하는 것보다 언제나 더 많이

말하거나 적게 말한다. 그는 자기 생각에서
덜어내거나 보탠다.
결국 그가 쓰는 것은 어떤 실제 생각과도 일치하지
않는다. 늘 더 풍성하거나 덜 풍성하다. 더 길거나
짧다. 더 명료하거나 난해하다. 그래서 한 작가의
작품을 가지고 그 작가를 재구성하려는 사람은
필연적으로 가상의 인물을 만들어낼 수밖에 없다.

78 작가들이 스스로 의문을 제기하는 건 아주 드문
일이다—방금 쓴 이 문장이 어느 독자에게 어떤
흥미를 불러일으킬까?

79 독창성보다 더 소중한 것이 있는데, 바로 보편성이다.
보편성은 독창성을 내포하며, 필요에 따라 그걸
활용하거나 활용하지 않는다.

80 독창성. 자신들의 '독창성'을 지키고 싶어 하는 이들이
있다. 내가 아는 사람 중에도 몇몇 있다. 그런 욕망
때문에 그들은 모방한다. 그들에게 '독창성'의 가치를
믿게 한 이들에게 복종하는 것이다.

81 A는 B의 작품을 좋아하지 않지만, B를 좋아하고
활용하는 C의 작품을 높이 평가하고 암묵적으로

활용한다.

82 작품이 저자를 변화시킨다.
저자에게서 작품을 끌어내는 움직임이 있을 때마다
저자는 변화를 겪는다. 작품은 완성되면서 다시 한 번
저자에게 영향을 미친다. 이를테면 저자는 작품을
만들어낼 능력이 있는 사람이 된다. 말하자면 실현된
전체를, 즉 하나의 신화를 만들어낸 사람으로 우뚝
서는 것이다.
어린아이가 제 아버지에게 부성의 형태와 모습에 대한
생각을 안기듯이.

83 요란한 작가들은 난폭하다.
자기 방에서 홀로 트롬본을 연주하는 사람이다.

84 폭력에 취한 듯 격렬한 이미지와 수식어와 욕설이
난무하는 성난 글을 보면 나는 웃음을 참을 수가 없다.
작가가 한시라도 책상에 다시 앉아 제 분노를 다시
이어가는 모습이 떠올라서다.

85 **그들의 문 앞에서……**

그들의 문 앞에서 관찰하고 엿들으며 지내는
저 수다스러운 이와 교활한 자는 조잘거리고, 했던

말을 자꾸 되풀이하고, 퍼뜨리고, 설명하며 신들처럼
무에서 유를 창조한다. 저들은 호기심 그 자체가
살아 있는 동물 같다는 사실을 입증해 보이는 문학의
전형들인데, 쓸모없기에 심지어 동물의 변태들이라
할 수 있겠는데, 그럼에도 여기저기서 작가가 나타나
이런 눈과 혀의 불안, 찌푸린 눈길과 상대의 등 뒤에서
재빨리 지어 보이는 흉내, 볼썽사나운 상태의 진실,
추한 상태에 놓인 정의 등을 끌어모아 쓸모 있는
것으로 만드는 재능을 발휘한다⋯⋯.

86 저자는 자기 작품에 대해 너무 많은 걸 알아서
때로는 말할 것을 깜빡하고, 때로는 말하지 말아야 할
것을 깜빡한다. 밝히거나 감춰야 할 중요한 것들을
깜빡한다.

87 작가의 이상은 비가 온다고 말하고 싶으면 "비 온다"고
쓰는 것이다.
그러자면 일꾼 한 명이면 충분하다.

88 문학적 삶이란 최대한 많은 것을 정신으로부터 멀리
떼놓는 방식의 삶이다.

89 어떤 이들은 해부학자들에게 제 시신을 팔았다. 또

어떤 이들은 제 영혼을 악마에게 팔았다. 우리는 이
모든 걸 팔았을 인간에 관한 동화를 지을 수 있을
것이다. 양화良貨를 얻기 위해 큰 가치 없는 두 가지를
판 것이다.

그러나 그는 제 작품들은 결코 팔지 못했다.

90　　　　　　　　**진정성**

글을 쓰는 사람은 결코 혼자가 아니다.

그렇다면 둘이면서 어떻게 자기 자신일 수 있을까?

진정성이란 우리가 자기 자신과 함께할 때의 모습
그대로 타인들과 함께하는 것이다. 다시 말해 홀로,
그 이상 아무것도 없이.

91　3백만 독자들의 마음을 사로잡으려면 무엇이 필요할지
생각해보라.

역설적이게도 백 명의 마음을 사로잡으려 할 때보다
필요한 게 적다.

그러나 수백만의 마음을 사로잡는 사람은 언제나
자신의 마음도 사로잡는데, 적은 수의 사람 마음만
사로잡는 사람은 대개 자신의 마음도 사로잡지 못한다.

92　세월이 흐르면 결국 지겨운 것들도 글로 쓸 수 있게
된다.

93 독자들이 수동적이지 않고 능동적이라면
문학은 재빨리 양태를 바꾸고 어느 쪽으로든
기울어질 것이다…… 능동적인 독자는 책으로
시험한다—조옮김을 시도한다.

94 능동적이고 반항적인 독자의 정신이 언제나 책의
부분들을 바꾸려는 시도들을 버텨내는 작품은
탄탄하다.
작품이 마무리되고 멈춰진 물질적인 실체라는 사실을
결코 잊지 말라. 독자의 살아 있는 자유의지는 작품의
죽은 자유의지를 공격한다. 그러나 오직 이런 열정적인
독자만이 중요하다. 우리가 스스로 가졌음을 알지
못하는 것을 우리로부터 끌어낼 수 있는 유일한
존재이기 때문이다.

95 저자의 어깨 너머로 책을 바라보아야 한다.

96 말로 발화되거나 글로 쓰인 말에 절대 조종당하지 말
것. 그런 말에는 저항해야 마땅하다. 그래야 우리는
말을 말로 간주할 수 있다(그럴 기회가 있을 때마다
신중하게).

97 말이 스스로 의미한다고 주장하는 바를 의미하는 건

예외적인 경우다.

98 비평가는 독자가 아니라 독자의 증인이어야 한다.
독자가 읽고 감동하는 걸 바라보는 자여야 한다.
비평가의 주요 활동은 독자를 규명하는 일이다. 비평은
지나치게 작가 쪽을 바라본다. 비평의 유용성, 비평의
긍정적인 역할은 다음과 같은 형태의 견해로 표현될
수 있을 것이다. 나는 이런 기질과 이런 성격의 사람들에게
이런 책을 읽으라고 조언하겠다.

99 저작물이 출간되었을 때 저자가 작품에 내리는 해석이
다른 누가 내리는 해석보다 더 큰 가치를 갖는 건
아니다.
내가 피에르의 초상을 그렸는데 누군가 내 작품이
피에르보다는 자크를 닮았다고 생각한다면 나는
그에게 반박하지 못한다. 그의 단언은 나의 단언만큼
가치 있다. 내 의도는 내 의도일 뿐이고, 작품은
작품이다.
진짜 비평가의 목적은 저자가 (알고든 모르고든) 제기한
문제가 무엇인지 발견하고, 그 문제를 해결했는지
아닌지를 찾는 일이 되어야 할 것이다.

100 우리가 작가를 비난할 수 있는 건 스스로 만족스럽게

생각하지 않으면서 만족한다고 선언했다는 게 전부다.
따라서 우리를 충족시키지 못한 상태에 대해 작가가
흡족해하지 않는다는 걸 자료를 통해 알게 되면 그를
칭찬해야 한다.

101 문학에는 이런 석연찮은 문제가 항상 있다. 대중에 대한
고려 말이다. 그러다 보니 생각은 언제나 유보되고,
거기에 온갖 협잡이 깔린 속셈이 있다. 따라서 모든
문학적 산물은 불순한 산물이다.
모든 비평가는 이 절대적 원칙을 떠올리길 포기한
나쁜 화학자다. 그러니 결코 작품에서 한 인간을
도출하지 말아야 하며, 작품에서 가면을 도출하고,
가면에서 술책을 도출해야 한다.

102 예술과 시에 관한 모든 연구는 자의적인 본질을
필연적인 것으로 만들고자 꾀한다.

103 우리는 많은 사람이 삶을 대가로 치른 수천 가지
것들을 무상의 선물인 양 사용한다. 어부가 피를
토하며 건진 진주, 화형대에서 건져진 책들…….

104 책과 인간의 적敵은 같다. 불, 습기, 짐승, 시간, 그리고
제 속에 담은 내용물.

105 작품의 수명은 그 유용성의 수명이다.

그래서 작품은 불연속적이다. 수세기 동안
베르길리우스는 아무짝에도 쓰이지 못했다.
하지만 존재했고 소멸되지 않은 모든 것에겐 되살아날
기회가 있다. 우리에겐 본보기가, 논거가, 전례가,
구실이 필요하다.
몇몇 죽은 책들이 활발히 움직이고 다시 얘기되고
있다.

106 보존된 책의 백분의 얼마 정도는 처음에 그 책들을
동반했던 사물들과 다른 책들이 사라졌기에 가치가
있다. 또 다른 책들은 작품들과 무관하지만 그림에
묻은 잉크 자국처럼 한 시대에 흔적을 남기는 동일한
파괴들로 인해 제 가치를 잃는다.

107 1612년에 쓰인 책이 1912년의 독자에게 즐거움이나
지루함을 야기한다면 그것은 거의 순전한 우연이다.
내 말은 (1612년의 저자가 제아무리 깊이 있고 섬세하고)
공정한 작가일지라도 짐작조차 못했을 새로운
상황들이 너무도 많이 독서에 개입한다는 얘기다.
오늘날의 영광은 도서관의 화재나 벌레가 이것저것을
파괴하는 것과 똑같은 예지로 과거 작품들에 금박을
입힌다.

108 내가 높이 평가하는 책은 거의 전부가, 내게 도움이
된 책은 절대적으로 전부가 읽기에 꽤 어려운 책이다.
생각이 그 책들을 떠날 수는 있어도 관통하지는
못한다.
어떤 책들은 어려워도 내게 도움이 되었고, 다른
책들은 어려워서 도움이 되었다.

109 어떤 책은 자극제 같아서 내가 가진 걸 흔들어놓기만
하고, 또 어떤 책은 음식 같아서 그 물질이 나라는
물질 안에서 변한다. 내 고유의 본성은 거기서 말이나
생각의 형태들을 길어낼 것이다. 아니면 한정된
수단이나 이미 만들어진 대답을 길어내든지. 타인들이
겪은 경험의 결과를 잘 빌려서 그들은 보았으나
우리가 보지 못한 것으로 우리를 키워야 한다.

110 우리는 한 인간의 삶을 글로 쓴다. 그의 업적, 그의
행위들을. 그가 한 말과 사람들이 그에 대해 한 말을.
그러나 그 삶에서 가장 깊은 체험은 빠진다. 그가 꾼
꿈, 개별적인 감동, 국지적 통증, 놀라움, 눈길, 그가
좋아했거나 그를 사로잡았던 이미지들, 어떤 결핍의
순간에 그의 내면에서 떠올라 흥얼거렸던 노래.
이 모든 것은 알려진 그의 이야기보다 훨씬 더
그에 가깝다.

어쩌면 우리 안에서 가장 덜 우리다운 것이 바로 이런 이야기에서 밖으로 드러나는, 혹은 드러날 수 있는 것 아닐까? 왜냐하면 열 사람이 똑같이 그 이야기를 읽어도 열 명의 다른 주인공을 상상할 것이기 때문이다.

111 '자신의 고통을 종이에 털어놓기.'
웃기는 생각이다. 한 권 이상의 책을, 온갖 형편없는 책들을 낳는 원인이다.

112 내게 펜과 종이를 주시라—역사책 한 권을, 혹은 코란이나 베다 같은 성스런 책을 한 권 써줄 테니. 나는 프랑스 왕을, 우주론을, 윤리와 신비론을 지어낼 것이다. 내가 무지한 자나 아이를 속인다고 무엇이 일러줄까? 내가 그들에게 거짓으로 부추길 상상은 진짜 텍스트들이 낳을 상상과 무엇으로 구분될까?

113 역사와 소설 읽기는 2등급 혹은 3등급의 시간을 죽이는 데 쓰인다.
1등급의 시간은 죽일 필요가 없는 시간이다. 이 시간은 모든 책을 죽인다. 그리고 몇몇 책을 낳는다.

114 최고의 작품은 제 비밀을 가장 오랫동안 지키는

작품이다.

오랫동안 사람들은 그 책이 비밀을 지녔으리라 짐작조차 못한다.

115 당신에겐 참으로 잡다해 보일 이 책의 단조로움은 나를 압도한다. 당신에게 이 책은 다채로운 세상처럼 보인다. 하지만 나는 거기서 지독히 반복되는 유일한 '관계'를 읽어낸다. 그 관계는 아마 사전 하나를 통째로 소화하겠지만 유일하며 언제나 동일하다.

116 저자는 먼저 생각했다는 점에서 독자보다 유리한 고지를 점한다. 저자는 준비해서 주도했다. 그런데 만약 독자가 이 유리한 고지를 빼앗는다면, 그가 그 주제를 잘 안다면, 저자가 유리한 점을 이용해 심화하지 않고 길에서 멀어진다면, 독자가 명민하다면—그러면 모든 이점은 사라지고 정신의 대결만 남는다. 그러나 그 지점에서 저자는 벙어리이고, 저자에겐 모든 술책이 금지된다……. 그는 진다.

117 이 책은 '괜찮'지만…… 저자의 지성은 조금도 부럽지 않다.

118   ## 독서의 기술

우리는 순전히 개인적인 목적을 품고 읽는 것만 잘
읽는다. 그 목적이란 어떤 힘을 획득하려는 것일 수도
있고, 저자에 대한 증오일 수도 있다.

119 어떤 글은 순간적으로 힘차게 행동하기 위해
만들어졌거나 만들어진다.
신문 기사를 책과 비교할 수는 없다. 또 다른 글은
느리고 지속적이며 점진적인 행동을 위한 것이다.
세 번, 네 번의 독서를 위해 쓰이는 글이다.
신문 기사는 두 시간의 축적을 3분 만에 방출하는
글로 볼 수 있다. 책은 천 시간의 작업을 네 시간 만에
방출할 수 있다. 그러나 천 시간의 작업은 몇 분의
합과는 아주 다르다. 삭제, 중단, 재개가 중요한 역할을
한다.
그런 글에는 생각의 식전술 또는 자극제 같은 가치가
있고, 다른 글에는 생각의 양식糧食, 대체물, 충족제
같은 가치가 있다.

120 문학에서는 제 글을 출간시키는 야만인들을, 제
교정지를 수정하는 늑대인간들을, '보도 담당'인
불을 뿜는 용들을 볼 수 있다. 그들의 직무가 더없이
자연스럽듯이 이 모든 것이 자연스럽다.

***

121 많은 작가들이 자기 예술을—반드시—자신이 주인이
되어야 하는 무엇으로가 아니라 제 운을 걸어볼 수
있는 우연의 유희로 간주한다. 그들은 행운에 모든
걸 걸고, 행운이 그들에게 부여하고 싶어 할 가치를
스스로에게 내줄 것이다(그리고 심지어 뭔가 더 보탤
것이다).
따라서 두 가지 암초가, 길을 잃고 죽어갈 두 가지
방식이 있다. 대중에게 지나치게 맞추는 것. 자기
고유의 체계를 지나치게 고수하는 것.

122 놀람은 예술의 대상일까? 그런데 우리는 예술이라
불러 마땅한 놀람의 종류에 대해 종종 잘못 생각한다.
예술엔 오직 의외성으로 이루어지는 완결된 놀람이
아니라 매번 되살아나는 재능으로 만들어내는 무한한
놀람이 있어야 한다. 세상의 어떤 기대도 예측하지
못하는 그런 놀람이어야 한다. 아름다움이 놀래키는 건
미처 적응이 준비되지 않아서도 아니고 충격 때문만도
아니다. 오히려 우리 스스로 적응할 길을 찾지 못하고,
완벽한 적응을 생각할 수 없기 때문이다.

123 새로움은 그 정의상 만물의 쉬이 소멸하는 부분이다.

새로움이 갖는 위험은 그것이 자동적으로 새로움이길
그치고 완전한 상실로 변한다는 것이다. 젊음이나
목숨처럼. 따라서 그 상실에 맞서려고 드는 건
새로움에 맞서 행동하는 것이다.

그러니 예술가로서 새로움을 추구하는 건 사라지려고
애쓰는 것이거나, 새로움이라는 이름으로 전혀 다른
것을 추구하며 착각에 빠지는 것이다. 새로움은 단순한
변화에서 극도의 흥분을 찾는 사람들에게나 저항할 수
없는 끌림으로 작용한다.

124 뛰어난 인간은 저마다 자신이 미래에 무언가를 처방할
수 있을 거라는 착각을 품는다. 그걸 우리는 지속한다고
명명한다.

그러나 시간은 반골이어서—누군가 시간에 저항하는
것처럼 보이면, 어떤 작품이 떠돌고 떠다니며 재빨리
삼켜지지 않으면—우리는 늘 그런 작품을 저자가
남긴다고 생각한 것과 전혀 다른 작품이라고 생각할
것이다.

작품은 그 저자가 만든 것과 전혀 달라 보일 수 있는 모습
그대로 지속된다.

작품은 달라진 채 지속되며, 그래서 천 가지 변화와
해석이 가능한 것이다. 혹은, 작품은 그 저자로부터
독립적인 특질을 지니고 작가에 의해 창조된 게

아니라 그 시대 혹은 민족에 의해 창조된 것이며,
시대나 국가의 변화에 따라 가치가 달라진다.

125 낭만주의부터 사람들은 예전처럼 숙달을 모방하는 게
아니라 기발함을 모방한다.

모방본능은 동일하다. 그러나 현대인은 거기에 모순을
더한다.

숙달은 단어 자체가 말해주듯이, 예술의 수단들을
지휘하는 것처럼 보인다. 그것들에 지휘당하는 게
아니라. 따라서 숙달을 획득하려면 수단들을 가지고
생각하거나 그것들을 조합하고, 수단을 통해서만
작품을 생각하는 습관이 전제되어야 한다. 수단과
별개로 상상한 효과나 주제를 통해 작품에 접근하지
말아야 하는 것이다.

그 결과, 숙달은 때때로 결핍처럼 여겨지고, 어떤
독창적인 인물만 숙달에 이른다. 그 인물은 운이 좋아
혹은 재능 덕에 새로운 수단들을 창조하고 새로운
세상을 만들어내는 것처럼 보인다. 그러나 실상은 그저
수단일 뿐이다.

126   **우화**

개구리는 소보다 커지고 싶었다.

이 행동의 시작은 만족스러웠다. 배가 터지기 전까지

개구리는 제 계획대로 커지고 있다고 착각할 수
있었다.

그런데 또 다른 개구리는 나비만큼 작아지고 싶었다.

녀석은 몸을 줄이는 시도를 시작조차 하지 못했다.

교훈: 작아지는 것보다 몸집을 키우는 편이 훨씬 쉽다.

이런 태도는 너무 일찍부터 거드름 부리고 굵직한
목소리를 내고, 지독하게 일그러진 글씨체며 유치한
그림 따위를 그리는 시인들이며 예술가들에게서
볼 수 있다. 이들은 대가들이 그들만의 '제3의 방식'으로
자연스레 채택한 전격적인 지름길들을 데뷔 때부터
차용한다.

그들에겐 반대로 하는 편이 훨씬 어려울 것이다.

자신들이 시도하는 것을 더 바짝 밀어붙이고, 천재성을
갖고 싶은 욕구를 억누르고 우직한 엄격함이 요구하는
인내심과 의지에 몰두하는 편이 훨씬 어려울 것이다.

먼저 온갖 얼굴 아래 다리 하나를 그리며 10년을
보내보라. 그러고 나면 사과나 생선의 초상을 시도해볼
수 있을 것이다. 그러나 그들은 말한다. 나를 자극하는
건 격정을 통한 창조이며…… 그런 천재들이라고.

아니다. 그건 쉬운 길이다. 당신이 자신을 사랑한다면
그런 길을 두려워하라…….

127 인간이 만든 작품의 가치는 작품 자체에 있는 게

아니라 타인들과 차후 상황에서 얻게 될 추이에
달려 있다.
어떤 작품이 살지 우리는 결코 미리 알지 못한다.
작품이란 어느 정도 생존 가능한 싹이다. 그 싹엔
상황이 필요하고, 가장 약한 싹도 상황의 도움을
받을 수 있다.

128 어떤 작품들은 관중에 의해 창조된다. 또 어떤
작품들은 관중을 창조한다.
전자는 자연적인 평범한 감성의 욕구에 응한다. 후자는
인위적인 감성을 창조하면서 동시에 충족한다.

129 어떤 작품을 정말 좋아하는 애호가는 작품을 그
자체로 바라보는 데, 적어도 그걸 위해 필요한 욕망과
시간을 들이는 사람들이다.
그런데 작품에 더 관심을 갖는 사람은 작품을
두려워하고 피하는 자들이다.

130 가장 수준 낮은 장르는 우리에게 가장 적은 노력을
요구하는 장르다.

131   벌

"……네게 벌을 내리노니, 너는 아주 아름다운 것들을

만들라."

이것은 여호와가 아닌 어느 신이 잘못을 저지른
인간에게 정말로 한 말이다.

132 위대한 예술가가 말한다. 저런, 내가 만든 이 작품,
사람들이 감탄하는 이 작품은 내 주위의 영혼들을
자극하고, 사람들이 떠들어대고 극찬하고, 그
아름다움이 어디에서 오는지 물어대는데 정작
나 혼자만 이 작품을 즐기지 못한다!
나는 그것을 구상했고, 구석구석을 연구하고
만들었다. 그러나 전체가 주는 순간적인 효과, 충격,
발견, 전체의 최종 탄생, 복합적인 감동, 이 모든
것이 내게는 거부되었고, 이 모든 건 이 작품을
알지 못하고 이 작품과 더불어 살지 않았으며, 온갖
지연과 시행착오들, 온갖 혐오와 우연들을 알지
못하는 사람들을 위한 것이다……. 그들은 그저 멋진
구상이 단번에 실현된 것처럼 볼 뿐이다. 나는 돌멩이
하나하나를 쌓아 산을 만들었고, 그것을 한 덩어리로
그들 위에 떨어뜨린다. 나는 세부 조각들을 높이
쌓느라 5년, 10년이 걸렸는데 그들은 한순간에,
단번의 충격으로 그걸 받아들인다.

133 예술과 권태.

텅 빈 장소, 텅 빈 시간은 견디기 힘들다.

그 공허를 채우는 장식은 권태에서 탄생한다──음식

이미지가 텅 빈 위에서 탄생하듯이. 행위가 무위에서

탄생하듯이, 말이 앞발로 땅을 차듯이, 기억은

행위들이 잠시 멈춘 사이에 탄생한다. 그리고 꿈도

탄생한다.

감각의 피로가 창조한다. 공허가 창조한다. 어둠이

창조한다. 침묵이 창조한다. 사고가 창조한다. 모든

것이 창조한다. 작품에 서명하고 이름을 적은 자만

빼고.

예술의 대상은, 다른 온갖 배설물과 쓰레기가

그렇듯이, 소중한 배설물이다.

134 화가는 자신이 보고 있는 것을 만들 게 아니라 앞으로

볼 것을 만들어야 한다.

135 인간은 시각과 청각에 상처 입고 충격받는 숭고한

약점을 잃었다.

한 형태의 윤곽을 찾느라, 이 설계도에서 저 설계도로

이행하며 수정하느라 여섯 달을 허비할 건축가는 어디

있을까? 그리고 그가 찾는 걸 발견한들 아무도 알지

못할 텐데 그는 왜 그것들을 찾을까?

136 예술은 관찰을, 시간을 잃었다.

나는 배우들이, 희극배우들이 더는 핵심을 찾지 않는
걸 보고 놀랐다. 낭만주의와 그 효과의 결과다.
화가들은 더는 무한히 손 하나를, 가지 하나를
연구하지 않는다. 그들이 능력껏 묘사하는 얼굴들은
정물처럼 다뤄진다. 적어도 한 세기 전부터 표현은
더 이상 위험부담을 지지 않는다.

137 분명하고 이해하기 쉬운 것, 명백한 생각에 일치하는
것은 신처럼 숭고한 효과를 내지 않는다. 적어도
대부분의 사람들의 경우엔 그렇다(이것이 예술의 많은
부분을 설명해준다).
숭고함의 감정을 아주 명료한 무언가의 명료성과
결부할 줄 아는 사람은 무한히 적다. 그런 효과를
이뤄낸 작가들 또한 그만큼 적다.

138 종종 나는 예술작품을 판단하면서 이렇게 생각한다.
당신이 이걸 원했을 리 없어.

139 주목할 점. 예술에서 외설적인 대담성은(공공연히 용인될
만한) 이미지의 정확성과 반비례해서 커진다. 공중을
위한 그림에는 사랑을 나누는 남녀가 없다.
음악에서는 모든 게 허용된다.

140 장엄한 음악은 완전한 인간이 쓰는 글이다.

141 지금까지는 발레가 색채들을 잇는 거의 유일한
예술이다.
따라서 여명이나 석양을 다루려면 발레 쪽에
문의해야 할 것이다.

142 모든 연극 작품은 하나의 수수께끼다.

143 연극의 법칙 중 하나는 관객이 언제나 무대 위의
누군가와 동화되어 하나가 될 수 있고, 그래야만
한다는 것이다. 그를 통해 관객은 작품의 일부가 되어
가담한다. 관심이라는 말은 사건 속에 들어선다는
의미다.
관건은 사람들을 자극하기보다는 사로잡는 것이다.
작가와 시인 가운데 어떤 이들은 불쑥 등장해
민중의 절대적 지배자가 된 것처럼 구는 연사나
시위 주동자에 비교할 만하다. 또 다른 이들은 조금
더 서서히 권력에 올라 그것을 깊이 독점한다. 이들은
영속하는 제국을 건설한다.
전자들은 법을 찢고, 사람들의 머리에 불을
지른다—그들이 지른 불이 뇌우 몰아칠 때의 하늘처럼
천지를 환하게 밝힌다. 후자들은 법을 만든다.

144 연극 작품에서 대사를 주고받는 인물들은 서로에게
      말하는 척하지만 타인의 말에 대답하기보다는 상황에,
      다시 말해 관객의 (있을 법한) 상태에 대답하는 것이다.

145 "사느냐 죽느냐……."
      심오하다고 간주되는 셰익스피어의 말을 꽤 오랫동안
      성찰해보면, 우리가 발견하리라 예상했던 것과는
      상당히 거리가 먼 것을 발견하게 된다. 그러나 그 말은
      극적이었고, 그리고 연극에는 극적인 깊이면 충분하다.

V

생각과 정신

인간은 제 몸의 십자가 위에 있다.

짓눌린 그의 머리엔 생각의 왕관에 달린

깊은 가시들이 박혀 있다.

1 생각은 양성兩性이어서 홀로 수정하고 홀로 잉태한다.

2 생각하기? 생각하기! 그것은 끈을 잃는 일이다.

3 발가벗은 감정과 생각은 발가벗은 인간만큼 취약하다.
   그러니 옷을 입혀야 한다.

4 '생각하는 사람'에겐 언제나 이런 순간이 있다.
   구상하고 삭제하고 세분하다 보면—분석하다
   보면—처음에 떠오른 생각이 우세해지는 것이다.
   줄 타는 곡예사가 제아무리 능수능란해도 결국 밧줄
   끝에서 끝나듯이 말이다. 생각하는 사람은 누구나
   제 노력의 결말의 희생자가, 제 자신의 변화(생각하는
   자에서 수동자로 바뀌는)의 희생자가 되는 순간이 있다.

5 하나의 확신은 하나의 확신을 파괴할 수 있다. 하지만
   하나의 생각은 다른 생각을 파괴하지 않는다. 생각은
   다른 생각의 존재를 파괴하지 그 가능성을 파괴하지는
   않는다.

6 나는 웅변을 좋아하지 않는다. 그런데 글로 쓰인
   웅변은 정말 견디기 힘들다.
   왜일까? 모르겠다. 웅변이 숫자와 뒤섞음에 적절한

형태이기 때문이다.

그건 생각의 형태가 아니다—등등.

그런 연설을 할 수 있는 직접적인 생각은 없다.

직접적인 생각은 그렇게 확신에 찬 긴 문장들을 짓지 않는다.

생각의 진짜 길이는 그저 더듬거림일 뿐이다.

7   지성 없는 직관은 사고事故다.

8   우리의 중요한 생각들은 우리의 감정과 어긋나는 것들이다.

9   한숨 쉬지 않고 깊이 생각하기란 얼마나 드문 일인가. 모든 생각의 끝에는 한숨이 있다.

10   생각의 고유하고 유일하며 항구적인 대상은 바로 이것이다. 존재하지 않는 것. 내 앞에 없는 것, 있었던 것, 있게 될 것, 가능한 것, 불가능한 것. 때때로 이 생각은 존재하지 않는 것을 실현하려 하고, 사실의 높이로 끌어올리려 한다. 그리고 때로는 존재하는 것을 가짜로 만들려 한다.

11 모든 생각은 생각하지 않는다는 보편적 법칙을
벗어나는 예외다.

12 인간은 접근법에서 동물과 다르다. 불확정성의 접근이다.
그러니까 인간은 생각한다. "나는 생각한다."
동물은 자율성이 장애를 일으키는 위기 상황에 처하면
생각을 하려는 경향을 보인다.
사냥개는 두 갈래 길에서 망설여지면 인간을 향해
돌아본다. 마치 이렇게 말하는 듯하다. "생각 좀 해봐,
그게 네 일이잖아."

13 **데카르트에 대한 변주**

나는 때때로 생각한다. 고로 때때로 존재한다.

14 현자가 서른 시간 동안 연이어 내게 알아야 할 모든 걸
일깨우고 나서 마침내 말한다.
"가르침을 요약해주겠다. 두 가지 계율을 기억하라.
다른 모든 것이 같다. 같은 모든 것이 다르다.
머릿속으로 이 두 명제 사이를 왔다갔다 해보라.
그러면 알게 될 것이다. 먼저, 두 명제가 모순된 것이
아니라는 사실을. 그리고 생각은 이 명제 또는 다른
명제만 품고, 한쪽에서 다른 쪽으로만 움직인다는
사실을. 한 명제를 위한 시간이 있고, 다른 명제를

위한 시간이 있다. 그러므로 지금 한 명제를 생각하는
사람은 장차 다른 명제를 생각할 것이다. 그뿐이다."

15   우리의 생각을 믿지 않는 법을 터득해야 한다.
왜냐하면 그것이 우리의 생각이기 때문이다. 오히려
깊이 경계심을 품고 그 생각을 다루고 자제해야 한다.
왜냐하면 그것이 우리의 생각이기 때문이다.
'우리의' 것이라는 게 분명한가?
'우리의' 것이라고 하는 건 그것이 우리가 겨우
불 밝히고 지키는 길로, 가장 어두운 길로 우리에게
찾아오기 때문이다.
'우리의' 것이라고 하는 건, 다시 말해 그것이 우리
안에 있다는 이유로 우리와 함께 모든 걸 허용하고
모든 걸 감행하는 누군가와 연결되어 있다는 뜻이다.

16   사회는 오직 착각으로 산다. 모든 사회는 일종의
집단적 꿈이다. 그 착각이 착각을 안기기를 그만두면
위험한 착각이 된다.
이런 유형의 꿈에서 깨어나는 것이 악몽이다……

17   인간의 밑바닥에는 무엇이 있을까?
모든 것에 대답을 내놓는 몇몇 격언들은 모두
변변찮다.

추론: 심오한 생각들은 인간의 밑바닥에서 나오는 게
아니라 그 바닥 앞에 있다.

'깊이'(이 말이 무언가를 의미한다면)는 그때껏 지각된
상황을, 가치들을, 어떤 상념의 속성들을 '깊이'
바꿔놓는 생각에 부여되는 특질이다.

18 인위적인 잠에서 깨어나는 사람은 잠들기 전의 자신을
되찾는다. 그때 처음 드는 생각은 마지막으로 남겨둔
생각이다. 죽은 자들이 깨어난다면 죽어가던 상태로
깨어날 것이다.

죽기를 계속하시라.

19 우리 가운데 대부분은 자신의 생각 일부를 외부에서
바라본다. 그들 안에는 금지된 장소들과 닫힌 문들이
있고 두려움과 절제가 그곳을 지킨다. 또한 우리
안에는 무덤들, 묘소들도 있어 그 장소들의 문을 닫는
영혼은 제 생각들이 그곳에 다가서지 못하게 고의로
막는다. 도시의 온갖 사창가보다 훨씬 뜨겁고 혐오스런
사창가들도 여기저기 있다. 어떤 이들에게는 보물이고
다른 이들에게는 형벌이 될 장소들이다. 그곳엔 알려진
신들과 낯선 신들이 있다.

숱한 것들이 있지만, 대부분이 결코 모습을 드러내지
않을 것들, 행위의 그림자요 생각의 싹들이다!

그리고 그 모든 건 한순간에 어떤 충격이나 가벼운
스침으로 침해당하고, 고삐 풀리고, 전시되고,
되살아난다. 그러면 무덤들이 다시 열려 우리의
시신들을 토해내고, 우리의 비밀들은 우리의
목소리이자 우리의 목소리가 아닌 목소리를 낸다……!

20   죽음에 대한 고찰, 절대적 무無의 활용은 만물에서 제
가치를 고스란히 뽑아내기 위한 것이다.
그것은 대단히 오래된 작업이다. 이 작업이 죽음이라는
생각 자체에도 적용된다는 사실도 빠뜨리지 말고
관찰할 것.

21   만물을 너무 정확히 보는 사람들은 정확히 보지
못하는 것이다.

22   우리에겐 존재하지 않는 것을 포착할 이유와 우리
눈을 후벼 파는 것을 보지 않을 이유가 있다.

23   우리가 깊이 파고드는 것이 이 노고를 쏟기 이전과
여전히 닮았다면 우리는 아무것도 하지 않은 것이다.
현미경은 우리가 제물대 위에 올려놓는 것을 알아보지
못하게 한다.

생각하는 인간

24

소파에 파묻힌 인간의 형체는 반쯤은 생각 같고,

반쯤은 육중한 물체 같은 무게에 기이하게 휘어진

것처럼 보인다. 꼬인 다리, 뻣뻣한 손 하나가 이마에

콘솔처럼 얹혀 있고, 다른 손은 실 끝에 매달린 것처럼

무겁게 늘어져 있다. 온갖 예민한 접촉들과 떨어져,

성게처럼 온갖 가시와 침들로 생각을 지탱하고,

주기적으로 감각과 움직임을 드러내며 생각을

항구적인 것에, 즉 몸에 붙들어 맨다.

그 감각들이 서서히 깨어난다면 그것만으로도 생각은

꿈이 되거나 그 자체로 사라질 것이다.

25 철학자는 손톱을 물어뜯는다. 장군은 머리를 긁적인다.

기하학자는 머리털을 뜯는다. 보나파르트는 코담배를

들이마시고 또 들이마신다.

해결책은 어디서 올까?

그런가 하면 지루한 사람은 끝없이 휘파람을 불고,

종이에 애꿎은 구멍만 자꾸 뚫고, 파이프를 빨고,

이리저리 서성이며 추시계의 추처럼 오간다.

턱, 코, 이마, 손가락, 다리, 머리털, 모두 명상의

기관들이다. 앞집 굴뚝도 칸트의 나무도 그렇다.

이런 사물들, 이런 물어뜯기는 생각의 지표들이다.

26 '생각'을 찬양할 때 우리는 극소수의 존재들이
만들어낸 극소수의 생각을 찬양한다.
계획이나 견해 등, 우리가 좇는 생각의 대부분은
우연히 뽑힌 것일 수 있다.
형이상학과 의식에 번민을 안기는 문제들(그것들을
경작하고 우리에 가둬 기르는 사람들의 말대로라면 인간의
존엄을 이루는 문제들)은 갇힌 동물들이 지쳐 쓰러질
때까지 왼쪽 오른쪽, 오른쪽 왼쪽으로 무한히 오가는
움직임이나 마찬가지다. 생각하는 사람은 우리에 갇힌
채 네 개의 말들 사이에서 무한히 움직인다.

27 자신의 생각을 강요하고 싶어 하는 사람은 제 생각의
가치를 확신하지 못한다. 그래서 온갖 수단을 써서
제 생각을 보강하려 든다. 일정한 말투를 고르고
탁자를 치기도 하며 저 사람에게 미소 짓고 이 사람을
위협한다. 그는 자기 정신을 지지할 힘을 몸에서
빌린다.

28 대단히 위험한 상태란 이해한다고 생각하는 상태다.

29 인간은 자신과 나머지 모든 것, 존재, 땅과 하늘 등을
모두 사라지게 하는 시선을 지녔다. 그 눈길이 그를
시간 밖의 시간에 붙들어 맨다.

30 우리가 생각하는 모든 것은 생각으로서 가치가
있다(그것이 중단 없이 가능한 한 이질적으로 이어지기
때문이다). 마찬가지로 우리가 연이어 보는 모든 것은
시각의 연습으로서 가치가 있다.

31 모든 건 결국—우리가 원한다면—탁자 한 귀퉁이,
벽 한 면, 자신의 손, 혹은 하늘 한 조각을 응시하는
것으로 귀착된다.
세상의 더없이 장엄한 볼거리를 목도한 사람, 어느
전투나 그리스도의 부활을 목도한 증인도 제 손톱을
응시할 수 있고, 제 발밑에 놓인 돌멩이가 어떤
모양이고 어떤 색깔인지 관찰할 수 있다.
그는 '효과'를 제거하고, 영역을 좁히고, 실제로 눈에
보이는 것에 몰두한다.
그렇게 그는 존재하는 것과 더불어 스스로 고립한다.
너는 뭘 보고 있지?—카이사르……? 아니. 대머리가
조금 보이고, 인파에 떠밀려 괴롭고 군중의 냄새
때문에 속이 뒤집혀.

32 때로, 창문 속 풍광은 벽에 걸린 그림에 불과하다.
때로, 방은 나무들 틈에 놓인 조개껍질에 지나지 않아
내가 전체를 보지 못하고, 전체에 끼지 못하게
가로막는다.

그것은 나뭇잎 한 장이 마을을 가리듯이
관점의 돌발 사고일 뿐이다.

33 보다 명료한 생각들은 어두운 작업의 딸들이다.

34 나는 생각할 때 꿈꾼다.
왜냐하면 속으로 마치 누군가 곁에 있는 것처럼
말하기 때문이다.
이런 가상의 대화가 있어야 한다. 그것 없이는 생각도
없다. 그리고 그 말은 내뱉어진 뒤에야 의미를 갖는다.
나는 그 말을 내뱉기를 선택한다.
그리고 그 제작에서 깨어난다.

35 내가 숨을 헐떡이며 힘겹게 다다른 곳에 다른
누군가는 자유를 한껏 누리며 상큼하게 불쑥 나타난다.
그 사람은 생각을 포착하고, 나의 피로와 의혹에서 그
생각을 분리해내어 보편성과 가벼움 속에서 그 생각을
바라보고, 그 생각을 가지고 재주를 부리고, 그걸
도구로, 장신구로 삼고, 그 생각 때문에 흘린 피와 겪은
고통을 무시한다.

36 '심오한 생각'이란 천장이 궁륭형인 공간에서 울리는
징소리 같은 힘을 지닌 생각이다. 엄청나게 울림이 큰

그 소리는 눈에 보이지 않는 사물들의 부피를 느끼게
하고, 어쩌면 존재하지 않을지도 모를 그 사물들의
존재를 받아들이게 한다. 만약 그 공간이 유한하지
않다면 징소리는 울림 없이 사라질 것이다. 그러니
어떤 '무한'과 관계 맺는 깊이란 결코 없다.

37   인간은 제 몸의 십자가 위에 있다. 짓눌린 그의 머리엔
     생각의 왕관에 달린 깊은 가시들이 박혀 있다.

38   자살은 제 악몽을 끊으려는 몽상가의 절망한 몸짓에
     비교될 만하다. 나쁜 잠에서 벗어나려고 애쓰는 자는
     죽인다. 자기 꿈을 죽이고, 꿈꾸는 자신을 죽인다.

39   나는 나만의 형태들을 분명한 것으로 분류하고 그
     형태들 안에서 생각하고 싶다…… 각 생각이 그
     생각을 낳는 전체 체계의 흔적을 눈에 띄게 담도록,
     그리고 각 생각이 한정된 체계의 변형임을 뚜렷이
     보여줄 수 있도록.
     이런 점에서 인간은 여전히 야만 상태다.

40   오늘 한 가지 생각이 찾아든다. 명료하고 이해하기
     쉬우며 손에 쥘 듯 장악되는 생각이다. 나는 그 생각이
     마음에 든다. 그런데 갑자기 기분이 나빠진다! 이 멋진

생각을—10년 전에—할 수도 있었을 텐데 싶다. 같은
주제를 오래전부터 생각해왔고, 그 점에 대해 예전에
덜 알았던 것도 아니다. 그런데도 이 생각은 그땐
찾아오지 않았다.

41   모순은 하나의 사실이다.
우리는 자기모순에 빠지기도 한다. 이 사실은 언어의
본질에서 기인하며 생각과 언어의 차이를 느끼게
해준다.

42   우리의 모순은 우리 생각 작용의 증언이고 결과다.

43   불필요한 말들은 오히려 사람들의 마음의 짐을
덜어주는 데, 특히 표현되고 싶어 안달하는 수천
가지 가능성들을 마음에서 덜어주는 데 쓰인다. 그
가능성들이 죽으면 명료한 생각의 길은 자유로워진다.

44   어떤 사람은 모든 결정을 제비뽑기로 정했다. 그래도
깊이 고심하는 사람들보다 더 불행을 겪은 건 아니다.

45   잠에서 깨는데, 머릿속에서 아주 멀리 동떨어진 생각의
아궁이 서너 개에서 동시에 불이 붙는다. 우리는
어디로 달려가야 할지 알지 못한다.

46 '행동'하려면 대체 얼마나 많은 것을 몰라야 하는지!

47 '정신'은 무無에서 무언가를 만들고, 무언가를 가지고
    무를 만든다.
    정신은 실존에 무얼 더하거나 뺀다. 정신이 가장 하기
    힘든 일은 아무것도 안 하는 것이다.

48 정신은 우연이다. 내 말은 정신이라는 말의 의미
    자체에 무엇보다 우연이라는 말의 모든 의미가 담겨
    있다는 뜻이다. 이 우연이 법칙들을 농락하고 모방한다.
    하지만 우연은 익히 알려진 모든 법칙보다 깊고
    안정적이며 내밀하다.
    내가 생각하는 모든 법칙은 불안정하며 제한적이고
    강제된 것이다.

49 우리의 정신은 무질서로 이루어졌고, 질서를 잡으려는
    욕구가 더해져 있다.

50 '정신'은 참으로 기이하고 변덕이 심해서 어떤
    조건이나 앎의 결핍이 방해되기보다는 도움 되는 건
    아닌지 절대 알지 못하도록 작동한다.

51 우리의 정신은 무질서 없이는 아무것도 아니게 될

것이고, 그저 제한될 뿐이다.

52 모든 것이 스스로 구성하고, 스스로 결합하고, 스스로
대체하며, 스스로 보완하고, 스스로 얽히고 풀린다.
그것이 정신이다.

53 두 사람이 급류에 휩쓸렸는데, 한 사람은 헤엄치고
또 한 사람은 익사한다. 마찬가지로, 정신의 무질서
속에서, 온갖 요구와 응답과 신화와 가치들의 혼란
속에서 '재능'과 '착란'이 발휘된다.

54 '정신'은 제 고유의 언어로도 아직 이름을 갖지 못한
무엇을, 기이한 실체를 돌리고 뒤집는다. 마침내 그
'주제'가, 그 아무것도 아닌 것이, 그 순간이, 그 보편적
소재가, 그 원형질이 어떤 대상을 닮을 때까지, 어떤
대상에 닿을 때까지, 문턱에, 행운에, 우연에, 다시
말해 앎에 닿을 때까지.

55 정신은 가지에서 가지로 날아다니는 새처럼
우둔함에서 우둔함으로 날아다닌다. 달리 어쩔 도리가
없다. 중요한 건 어떤 우둔함 위에서도 굳건하다고
느끼지 말아야 한다는 점이다. 하지만 언제나
불안하다. 날개는 이제 막 올라앉아 세상을 굽어본다고

생각하는 아주 높은 명제에서 달아날 준비가 되어
있다.

56 어떤 상황에서는 정신의 자유를 지키는 것이 범죄로
간주된다(때로는 자기 자신에게조차).

57 우리는 모르는 것에 대해 더 기꺼이 말한다. 주로
생각하는 것이 그것이고, 정신의 작업이 거기로, 오직
거기로만 쏠리기 때문이다.

58 모든 정신이 가장 평범한 경험으로 형성된다는 걸
잊지 말라. 어떤 사실이 평범하다고 말하는 건 그
사실이 너의 본질적인 생각들을 형성하는 데 가장
기여한 경험들이라는 얘기다. 네 정신의 실체를
구성하는 건 99퍼센트 이상의 가치 없는 인상과
이미지들이다. 이 범속한 바탕에서 두드러지는 기이한
시각과 새롭고 독특한 생각들이 가치를 끌어낸다.

59 공통된 기대에 대해 어느 정도 독자성을 보이는
인간에겐 정신이 있다. 그는 놀라움을 표출한다. 그
놀라움 덕분에 그 순간 그는 동류들보다 자유롭고
빠르고 명철해 보인다. 동류들은 놀라고 살짝
분개한다. 네발짐승 무리가 동료 중 하나가 남들

모르게 날개를 달고 자신들이 갇혀 있다고 믿었던
벽 너머로 날아오르는 걸 보고 놀라듯이.

60 '정신'이 제 동굴 속에서 어떤 작업에 몰두하는지 신은
알까?

61 **짧은 아침 시**

내 정신은 내 정신을 생각한다.
나의 역사가 내겐 낯설다.
내 이름이 내겐 놀랍고, 내 몸은 관념이다.
나였던 존재는 모든 타인과 함께 있다.
그리고 나는 내가 곧 될 존재조차 아니다.

62 정신의 양식糧食은 정신이 한 번도 생각해보지 못한
것이다. 정신은 알지 못한 채 그걸 찾는다. 알지 못한
채 한 번도 생각해본 적 없는 걸 희망하는 것이다.

63 정신의 탁월한 장점들은 필연적으로 현실을
희생시키고 길러진다.

64 **콩트**

한 남자가 있었는데, 그는 현자가 되었다.
그는 유용하지 않은 걸음도, 행동도 하지 않는 법도

터득했다.

얼마 후, 그는 감금되었다.

65 사람의 정신은 그것이 무엇을 요구하느냐에 따라
가치가 달라진다.
내가 원하는 것이 나의 가치다.

66 네 정신을 읽는 법을 배워라. 그러면 나머지 모든 건
덤으로 딸려온다.

67 모든 정신은 특별한 처치를 가해 일반적인 물질을
변화시키는 자연의 실험실처럼 간주될 수 있다.
어떤 정신의 산물은 다른 정신들을 놀라게 한다.
이 정신은 타인들이 알지 못하는 온도와 압력을 가해
평범한 탄소에서 다이아몬드를 얻어낸다. 사람들은
그걸 분석한다. 그리고 말한다. 그저 탄소일 뿐이라고.
그러나 그걸 다시 만들어낼 줄은 모른다.

68 정신은 실용적일수록 추상적이다.
농부는 색깔을 오직 완숙이나 부패의 기호로 본다.
실용은 만물에서 필요충분한 속성들만 찾는다.
실용과 수학은 이런 점에서 일치한다.

69 "기타 등등, 기타 등등."

말라르메는 이 표현을 좋아하지 않았다―무한을
제거하는 이 동작은 무용하다. 그는 이 표현을
추방했다. 나는 이 표현을 맛볼 때마다 놀랐다. 정신은
이보다 특이한 대답을 갖고 있지 않다. 이 표현을
끌어들이는 건 바로 정신이다.

자연에는 비정하고 총체적 열거인 "기타 등등"이 없다.
총체적 열거. 자연에는 전체를 위한 부분이 존재하지
않는다. 정신은 반복을 견디지 못한다.

정신은 단수單數에 특화된 것처럼 보인다. 영원히.

정신은 법칙, 단조로움, 반복을 보면 즉각 포기한다.

70 지금까지 나는 '역설'이라는 말을 논거로 쓰면서
바보가 아닌 개인을 만나본 적이 없다.

어떤 수식어가 토론에 끼어들 때는 그것이 논거가
아니라 일종의…… 고백이라는 걸 쉽게 추론할 수
있다.

그런데 정신의 형성물을 해체할 줄 모르겠고,
그 정신에서 인간에 관해 무엇을 끌어낼 수 있을지
모르겠다고 털어놓는 건 바보나 하는 짓이다. 바보가
아니라면 입을 다물고 우리가 스스로 느끼는 무력감을
감춰야 할 터이니 말이다.

에뤽시마코스[*]에게

71

정신은 신체에 깜짝 놀랄 일들을 만든다. 신체도
정신에 똑같이 행한다.
정신은 때론 신체보다 훨씬 맹목적이고, 때론 훨씬
통찰력 있다. 때로는 몸에 대해 단순히 한 부분을
대하듯, 사건의 핵심을 알지 못한 채 전체를 끌어들여
위험에 빠뜨리는 종속 부분을 대하듯 한다. 그리고
때로는 범선을 맡은 항해사나 점쟁이처럼 몸을
인도하고 보존한다.
그런데 의사는 정신이다. 그는 꼭 정신이 하듯이
우리의 몸에 선과 악을 행한다.

72

몸은 스스로 알지 못하는 목표를 갖고 있고,
정신은 스스로 모르는 수단들을 갖고 있다.

73

역사 속에서 여러 사건을, 많은 생명과 가난과
고통과 유용한 것들의 엄청난 소비를, 그 사건들이
초래한 온갖 종류의 파괴를 관찰하고, 이어지는
결과들을 주시한 정신은, 그 결과들 가운데 바람직한
점을 고려해볼 때 보다 경제적인 방식으로 동일한
결과들을 얻을 수 있었으리라고 상상할 수 있고 또

---

*　플라톤의 『향연』 「대화」편에서 의사로서 전문 지식을 뽐내는 인물.

상상해야만 한다. 바로 거기에 정신의 역할이 있다. 그러나 사실, 정신이 추구하는 건 제 고유의 경제성이어서 사태들의 뒤얽힌 복잡성을 대체할 단순성을 스스로 지어낸다. 정신은 전혀 다른 길로 같은 지점에 이를 수 있었으리라고 굳건히 믿는다. 이는 전적으로 정신의 특징이며, 비평과 회한의 원리이며, 때로는 행복한 개혁의 원리다…….

***

74 '진실', 새로운 섯의 발견은 거의 언제나 반$_反$자연적인
어떤 태도로 얻어지는 대가다. 깊은 성찰은 강요된다.
시의적절치 못한 지적은 종종 풍요로운 결과를 낳는다.
더 잘 보거나 다르게 보려면 폭력을 행하거나 견뎌야
한다. 개념들이 지닌 이 중대한 단순성은 그 대가가
지독히 비싸다.

75 '진실'은 적합성일 뿐 아니라 가치이기도 하다. 진실을
소유한다고 믿는 사람들이 그걸 소유한다. 그들만이.

76 진실을 불처럼 두려워하기. 진실은 불의 특성을
지녔다. 무엇도 그것에 견디지 못한다.

77 진실은 나체다. 그러나 살갗이 벗겨진 나체다.

78 가짜가 항상 진짜 속에 녹는 건 아니다.
진짜가 항상 가짜를 파기하는 건 아니다. 둘은 그저
표상으로 대립한다. 효력으로 대립하지 않는다. 둘 다
영향을 미치고 죽이는데, 이쪽이나 저쪽이나 똑같이
자주, 똑같이 잘 그런다.

79 단순한 것이 언제나 가짜다. 단순하지 않은 것은 사용 불가능한 것이다.

80 마음에 드는 것에는 언제나 진실한 무언가가 있고, 충격을 안기는 것에는 거짓된 무언가가 있다.

81 진실은 우리가 원하는 만큼 자주 선과 미에 맞선다.

82 우리가 세상의 신비, 생명의 신비라고 부르는 것도 그 자체로는 인간이 눈으로 제 등을 보지 못하는 것보다 더 깊을 게 없다.

눈에는 목덜미가 하나의 신비다.

83 **대척점**

내가 내 손바닥을 쳐다보며 그 손에 다른 면이 있다는 걸 잊을 수 있을까?

그랬다간 더없이 천진한 생각이 될 것이다.

이 손 위에서 기어다니는 개미는 대척점의 존재를 믿어야 할지 생각할까?

84 **신비의 유용성**

명료한 건 불안에 버티지 못한다.

오직 모호한 표현들만이 혼란 가운데 희망을 허용한다.
명료한 건 무엇이건 끔찍하거나 무가치하다.
절망은 뭘 해야 할지 모르는 데서 온다. 그러나 마법의
말은 우리가 그 말이 유용한지 모른 채 그 말을 하며
행동하게 해준다.

85   우리 안에는 설명할 수 없는 확신들과 이유 없는
의심들이 있다. 그것이 신비주의자와 철학자들을
낳는다. 무엇으로도 한쪽을 설명할 수 없고, 다른 쪽을
정당화할 수 없기에 백만의 사람들에게 의심과 확신이
'우연히' 배분된다는 생각이 든다…….

86   직관을 기록하는 것이 불가능하기에 철학하는 것이
가능하다.
사색하는 이가 존재 등에 대해 말할 때 우리가 바로 그
순간에 그의 생각을 볼 수 있다면 철학 대신에 무엇을
발견하게 될까?

87   철학자들은 '존재'를 좋아한다. 그들은 "이 탁자는
존재한다"라고 말하는 것이 그냥 그 탁자에 대해
말하는 것보다 훨씬 심오하다고 상상한다. 그 탁자가
존재하건 아니건 사실 달라지는 건 아무것도 없다.
그러나 철학자들은 걸핏하면 탁자를 세게 내려치며

그 탁자가 허상이라고 단언하는 거장이고 싶어 한다.
그러나 자신이 아플 때는 그 고통을 의심하지 못한다.
……그건 철학자들이 '존재'라는 말에 존재하지 않는
어떤 가치가 존재한다고 믿기 때문이다.

88　　　　　**철학자들을 무너뜨릴 방법**

철학책을 가능한 진개처럼 여기고 따라가며 읽을 수
있다. 그러나 그렇게 읽지 않고 떠오르는 질문들을
던지고 대답을 요구하며 접근할 수도 있다. 바로
거기에 철학자들의 위험이 있고, 누구도 그것에 버티지
못한다. 이 시험은 기능 시험이다. 우리는 철학 체계가
온전히 작동해서 독자에 맞출 게 아니라 필요에
맞추라고 요구한다.

89　이 자리에서 저 자리로 쫓겨 다니고, 탑 꼭대기에서
공격당하고, 제 영역에서조차 불안해하며 자연을 피해
달아나고 말까지 감시당하던 형이상학이라는 새는 죽음
속에, 여러 탁자 속에, 음악 속에 둥지를 튼다…….

90　모든 인간은 수많은 경이로운 것들을 알면서 스스로
안다는 걸 알지 못한다. 우리가 아는 모든 것을 알기?
이 단순한 탐구만으로도 철학은 고갈된다.

91 ……극단적인 정확성으로, 원인에 대한 완벽한 이해로,
명료한 지점들 가운데서도 가장 명료한 지점에서, 수용
가능한 통찰력의 한계에서, 나는 알지 못한다—난 모른다,
라고 느끼고 말할 것. 그리고 그 순간을 정말이지 가장
힘들고 가장 완벽한 순간으로, 탁월한 목표로, 인간의
정신이 있는 힘을 다해야만 가까워질 수 있지만
맹렬히 내쫓기는 중심으로 알 것.

92 인간들이여, 어떤 주제건 주제에 전율하라. 그대가
명백한 견해, 신념, 생각을 가졌다고 생각하라. 그러나
그대가 가장 많이 성찰한 사물들의 영역에서 한 번도
생각해보지 않은 모든 것을 생각하라.
그대가 생각했을 수도 있었을, 어쩌면 곧 생각하게 될,
한 번도 생각한 적 없는, 그대를 사로잡는 생각을 통해
빛날 수 있을 무엇을 두려워하라. 그대에게 유일하고
바른 생각처럼 보이지만 이내 천진해 보이게 될 그
무엇을 두려워하라.

93 '영감'이라는 것엔 이런 생각들이 담겨 있다. 아무
대가가 안 드는 것이 가장 가치 있는 것이다. 가장 가치 있는
것은 아무 대가가 들지 않아야 한다.
그리고 이런 생각도 담겨 있다. 우리에게 제일 책임이 없는
것에 가장 긍지를 느낀다는 것.

94 우리는 우리가 모르는 것 속으로 피신한다. 우리가
아는 것을 피해 거기 숨는다. 낯선 것은 희망에 대한
희망이다. 불특정과 더불어 생각은 멈출 것이다.
희망은 무지를 창조하고, 담장을 구름으로 바꾸는
내밀한 행위다─그리고 추론을, 이성을, 개연성을,
명백성을 파괴하는 회의론자, 희망의 광포한 악마에
다름 아닌 회의론자는 없다.

95 잘못 관찰된 사실은 나쁜 추론보다 훨씬 해롭다.

96 정신적 선과 악에는 지성과 어리석음이라는 이름이
붙었다. 그래서 '지성인'들은 도덕군자들이 선과
악에 대해 품는 인식과 아주 유사하게 이 자질들을
인식한다.
여기서도 우리는 올바른 것들과 배척당한 것들을,
순수한 것들과 불순한 것들을 상상한다. 그러나
이건 자유가 걸린 문제가 아니다. 오직 하나의
숙명이 지배한다. 일종의 상대적 부재不在가 이런
종류의 '악한들'을 벌한다. 말하자면 실존의 증대가
'선인들'에게 보답하는 것처럼 보인다.

97 모든 것의 본질은 고유의 가치를 지니지 못하고 서로
구분되지 않는 대단히 모호한 존재들에 의해 발휘된다.

그 존재들이 존재하지 않거나 그런 모습이 아니라면
아무것도 이루어지지 못할 것이다.
아무것도 이루어지지 않더라도 그 존재들은 잃을 게
없을 것이다.
본질적이지만 중요치 않은 존재들이기에.

98 아는 것을 낯선 것으로 바꾸고, 삶을 꿈으로, 순간을
    영원으로 바꾸기 위해서는 눈을 조금 고정하기만 하면
    되는데, 눈길에 상상력이 부족하고 마음을 완전히
    내려놓지 못해서 동화와 여행과 비범한 이야기가
    필요한 것이다.
    신비주의적이고 형이상학적인 호기심도 그렇다.

99 모든 건 내게 달려 있고, 나는 줄 하나를 붙들고
    있다. 오래된 대비 형태의 이 생각은 어쩌면 유독한
    '숭고함'이라는 놀라운 힘을 실질적 비논리성에서
    끌어낼 것이다.

100 우리가 흡족한 방식으로 해명한 몇몇 현상들이 있다.
    그런데 그렇게 명료한 설명의 결과는 관례가 되어
    무관심해졌다.
    해결되지 않은 다른 모든 문제에 대해 우리가 좋은
    해답을 가지고 있더라도 결과가 동일하리라는 건

분명하다.

101　어떤 학문과 친근해지기 위해서는 할 수만 있다면
　그 학문의 최고 난제들에 접근하는 것이 좋다. 그
　문제들이 놓인 제자리에서 볼 때 단순하다면 말이다.
　왜냐하면 그런 난제들 앞에서는 애송이와 최고 능력자
　사이의 간극이 보잘것없기 때문이다. 물음보다 자기
　자신에게 더 절망할 일은 없다.

102　어떤 이들은 성찰 끝에 어리석은 소리를 하고, 또 어떤
　이들은 성찰 없이 그런 소리를 한다. 어떤 이들은
　성찰로 그걸 피하고, 또 어떤 이들은 즉각적으로
　응수한다.
　어떤 이들에게는 무의식이 불능이고, 또 어떤
　이들에게는 성찰이 불능인 것 같다.

103　'이성'의 기원, 혹은 이성 개념의 기원은 어쩌면
　타협이다. 때로는 '논리'와 타협해야 한다. 때로는
　충동이나 직관과 타협해야 한다. 때로는 사실들과
　타협해야 한다. 그러니 이 '이성'이라는 말이 네게
　떠오를 때마다, 혹은 네게서나 타인들에게서 나올
　때마다 '타협'이라는 보다 명확한 말로 대체하려고
　애써보라. 그러면 훨씬 기품 있으리니…….

104 논리를 겁내는 건 논리학자들뿐이다.

105 뇌 속에는 다음과 같은 말이 적힌 칸막이들이 있다. 적당한 날 연구해볼 것. 절대로 생각하지 말 것. 깊이 파고들 필요 없는 것. 검토하지 않은 내용. 해결책 없는 것. 보물인 건 알지만 다음 생에나 덤벼볼 수 있을 것. 시급한 것. 위험한 것. 미묘한 것. 불가능한 것. 포기한 것. 보류한 것. 못 믿을 것! 나의 강점. 어려운 것 등등.

106 더없이 깊은 명상에 몰두한 사람. 그의 얼굴은 텅 비어 있고, 그의 표정에는 아무것도 씌어 있지 않다. 더없이 가까이 가진 것과 어떻게 그리 멀어질 수 있을까?

107 우리가 오래도록 품고 있는 바른 생각은 피로를 안긴다. 그것의 올바름이 생각을 되돌아보게 하며, 그 복귀가 생각을 늦게 해 중언부언으로 만든다. 생각은 따분해져서 동일한 대상에 대한 덜 바른 생각을, 심지어 거짓된 생각을 낳는다. 심지어 대단히 거짓되지만 신선하고 생기 있는 생각을 부추긴다. 매우 아름다운 아내를 둔 남자가 몇 년을 아내와 함께 지내고 난 뒤 못생긴 여자에게 끌리는 것처럼. 이는 예술에서, 그리고 아마도 정치에서 온갖 혁신들로 이어지는 단순한 역사이기도 하다.

108 지성이란…… 시기적절한 기억과 연상 작용을 하는 데
운이 좋다는 뜻이다.

재기 넘치는 인간은 (넓고도 좁은 의미로) 승승장구하는
사람이다. 자주 이긴다. 왜 그런지는 알 수 없다. 그도
왜 그런지 알지 못한다.

109   **시간**

어떤 이는 날이 저물면 침울해지고, 또 어떤 이는 날이
밝아오면 침울해진다. 또 정오의 슬픔도 있다.

나는, 새벽 3시쯤, 가장 아름다운 빛이 내 영혼을
잔인하게 관통한다. 그 완숙한 힘이 내 영혼을
단죄한다. 온 실존이 그 빛 안에서 자신을 응시한다.

……날이란 기이한 무엇이다. 기이하다는 건 낯설다는
것이다. 날이라는 거대한 시계와 상관없이 추론하고,
창조하고, 규명하고, 제멋대로 무질서와 질서를 사는
것처럼 보이는 생각에 낯설다는 것이다. 스스로
드러내는 걸 헤아리고, 스스로 헤아리는 걸 드러내는
날의 시계와 상관없이…….

그런데 날의 흐름은 정신의 활동 속에서 지각되지는
않을지라도 제 다양한 힘을 은밀히 정신에
부과한다―다시 말해 색조를, 입체감을, 에너지를,
정신의 생각들에 대한 평가를.

날과 몸은 두 개의 거대한 힘이다…….

110   유혹 또는 아담의 대답들

그러면 너는 하느님처럼 될 거야······.

—뱀아, 나는 그런 건 전혀 바라지 않아.

선과 악을 구분할 줄 알게 되지······.

—난 다른 게 더 알고 싶어······.

111   우화

뇌가 주름 틈에 신비를 품고

사람 꼭대기에 앉아 있었다······.[*]

그 뒤는 잊어버렸다.

112   짐승의 사유

먹을 것을 주는 손을 핥는 건 자연스런 일이다. 이
손은 전에도 먹을 것을 주었고, 앞으로도 먹을 것을
줄 것이고, 어쩌면 주지 않을지도······. 이 손을 먹으면
어떨까? 이것 또한 자연스런 일 아닌가? 마찬가지
아닌가? 이 고기나 저 고기나.

---

[*] 라퐁텐 우화시 「까마귀와 여우」를 패러디한 문장이다. 원문장은 "까마귀가 부리에 치즈를 물고 나무 위에 앉아 있었다."

폴 발레리(1871~1945)

1871년   10월 30일, 지중해에 접한 남프랑스의 항구도시 세
            트에서 세관 검사관으로 일하는 코르시
            카섬 출신의 아버지와 이탈리아 제노바
            출신인 어머니 사이에서 태어난다.

1872년(1세)   어린 발레리가 말한 첫 단어는 '열쇠'다.

1873년(2세)   제노바로 첫 여행을 한다. 아버지는 폴이
            "배를 타고도 아주 얌전했다"고 말한다.

1874년(3세)   세트의 공원 연못에 빠져 하마터면 죽을
            뻔하다.

1876년(5세)   성 도미니크 수도회 학교에 입학해 2년
            을 다닌다.

1878년(7세)   세트 콜레주로 학교를 옮긴다. 훗날 이
            학교는 그의 이름을 따서 '콜레주 폴 발
            레리'가 된다.

1880년(9세)   이 시기부터 주로 머릿속으로 상상하길
            좋아해서 격렬한 놀이와 힘든 운동을 멀
            리한다.

1881년(10세)   "아홉 살 혹은 열 살 즈음부터 나는 머릿속에 섬 하나를 만들고, 점점 더 비밀스러운 정원을 마련해 오롯이 내 것처럼 보이고, 내 것일 수밖에 없는 이미지들을 가꾸기 시작했다……."

1882년(11세)   파리의 빌쥐스트 길 40번지에 화가 베르트 모리조와 그의 남편인 외젠 마네(화가 에두아르 마네의 동생)가 집을 짓기 시작하는데, 바로 그 집에서 훗날 발레리는 43년을 살고, 그곳에서 죽는다.

1883년(12세)   2월, 바그너가 사망하다. "바그너의 작품보다, 적어도 그 작품의 몇몇 특징보다 내게 더 깊은 영향을 준 것이 없다"라고 훗날 발레리는 말한다.

1884년(13세)   1월, 첫 시를 쓴다.
3월, 지중해를 보며 꿈꿔온 해군사관학교를 포기하고, 열정을 문학과 그림 쪽으로 돌린다.
10월, 몽펠리에 중고등학교 1학년에 입학하지만 금세 권태를 느낀다.

11월, 세트에서 몽펠리에로 거주지를 옮긴다. 독서에 몰두해 테오필 고티에, 보들레르를 발견한다.

1885년(14세)   5월, 위고의 작품을 읽으며 감탄하던 중에 위고가 사망한다. 특히 위고의 『라인강』은 "백 번도 넘게" 읽었다고 말한다. 여전히 그림을 그리지만, "그림과 시는 심심풀이" 삼아 한 것이며 1891년 전까지는 시를 한 번도 진지하게 생각해보지 않았다고 훗날 말한다.

1886년(15세)   학교 공부는 그럭저럭 이어가지만 그의 수첩은 메모와 시, 재미난 크로키들로 가득 채워진다.

1887년(16세)   1월, 〈모르간의 꿈le Rêve de Morgan〉과 〈노예들les Esclaves〉이라는 짧은 희곡 두 편을 쓴다.

3월, 아버지가 사망하다.

7월, 대학입시를 통과한다.

1888년(17세)   몽펠리에대학교 법학과에 입학한다. 보들레르의 번역을 통해 에드거 앨런 포의 저작을 처음 접한다.

열아홉 편의 시를 쓰고, 산문 「밤의 이야기Conte de nuit」를 쓴다.

1889년(18세)	수학과 물리학, 그리고 음악에 깊은 관심을 보인다.

4월, 마르세유의 〈르뷔 마리팀〉지에 첫 시 「꿈」이 실린다.

9월, 위스망스의 소설 『거꾸로』를 읽고 말라르메에 심취하고, 이 한 해에만 80편 넘는 시를 쓴다.

11월, 시 「오래된 골목길들」을 위스망스에게 헌정한다.

휴학하고 자원입대한다.

1890년(19세)	에드거 앨런 포를 "초자연적이고 마법적인 최고의 예술가", 말라르메의 표현을 빌려서 "장엄하고, 완전하며 고독한" 예술가로 꼽는다.

5월, 몽펠리에대학 개교 600주년 기념행사에서 소설가이자 시인인 피에르 루이스를 만나고 평생의 친구가 된다.

10월, 말라르메에게 처음 편지를 써서 시 두 편

을 보내며 조언을 구한다. 말라르메로부터 이런 답장을 받는다. "섬세한 유추 능력, 적절한 음악성…… 모든 걸 가지셨습니다. 조언은 내가 아니라 오직 고독만이 줄 수 있지요……."

11월, 루이스에게 『거꾸로』를 다섯 번째 읽었다며 "나의 성서, 내 머리맡의 책"이라고 말한다.

군 복무를 마치고 2학년에 복학한다.

12월, 루이스의 간청으로 앙드레 지드가 몽펠리에로 발레리를 만나러 온다. 시 「우정 어린 숲les Bois amical」을 지드에게 헌정한다.

1891년(20세)   3월, 루이스가 창간한 잡지 〈라 콩크〉에 시 「나르시스가 말한다Narcisse parle」가 실린다.

〈에르미타주〉지에 시 몇 편, 그리고 음악과 건축의 관계를 조명한 산문 「건축가에 관한 역설le Paradoxe sur l'architecte」을 발표한다. 또 다른 산문 「오르페우스Orphée」가 이어진다.

5월, 말라르메로부터 찬사 섞인 편지를 받는다. "저는 「나르시스가 말한다」에 매혹되었습니다. 그 희귀한 어조를 고수하세요."

9월, 파리에 체류하면서 처음으로 위스망스를 만난다.

10월, 피에르 루이스의 소개로 말라르메를 만난다.

1892년(21세)　3월, M. 모리스 또는 약자 M.D.라는 가명으로 여러 편의 글을 잡지에 발표한다.

5월, 단테와 페트라르카의 시를 한 편씩 번역한다.

7월, 법대 3학년 과정을 마친다.

9월, 가족과 제노바로 떠난다. 감정적 위기를 겪고 큰 절망감에 사로잡혀 문학을 포기할 생각을 한다.

10월, 훗날 '제노바의 밤'이라고 불리는 경험을 한다. "…… 끔찍한 밤이다……. 사방에서 폭풍이 몰아치고, 번개가 수시로 번쩍이며 방을 밝힌다……. 나의 온 운명이 머릿속에서 흔들린다. 나는 나와 나 사이에 끼어 있다."

1893년(22세)　10월, 수학, 물리학에 심취한다. 맥스웰의 『전자기학』과 윌리엄 톰프슨의 강연 기록을 애독한다.

12월, 지드에게 편지로 지난해에 겪은 위기를 암시하며 그것이 "의식을, 다시 말해 보고 판단하는 자유를 확장"해주었다고 말한다.

1894년(23세)　3월, 몽펠리에를 떠나 파리에 정착한다. 가구도 장식도 없이 썰렁한 그의 방에 앙드레 지드, 앙리 드 레니에, 피에르 루이스가 저녁마다 모여 문학 이야기를 나눈다.

8월, 산문 『테스트 씨와 함께한 저녁』 집필을 시작한다.

〈누벨 르뷔〉지로부터 다빈치에 관한 원고를 청탁받는다.

이 해부터 첫 '카이에'를 쓰기 시작해, 매일매일 51년 동안 이어간다. 특유의 성찰과 메모를 담은 지성의 '총합'인 이 노트는 모두 261권에 달한다. 이 글에는 '항해 일지'라는 제목이 붙는다.

1895년(24세)　3월, 화가 베르트 모리조가 사망하다.

4월, 위스망스의 조언에 따라 육군성 편집관 채용 시험에 응시하고 6월에 채용된다.

8월, 산문 「레오나르도 다빈치의 방법 입문

「l'Introduction à la méthode de Léonard de Vinci」이
〈누벨 르뷔〉에 실린다.

9월~10월, 가족과 이탈리아를 여행하며 베네치아,
트리에스테, 파도바, 밀라노, 파비아를
둘러본다.

11월, 앙드레 지드도, 앙리 드 레니에도 결혼한
다. 친구들의 결혼식에 참석하지 않고 파
리를 떠난다.

1896년(25세)   1월, 시인 베를렌의 장례식에 참석한다.

2월, 앙리 루아르의 집에서 화가 드가를 알게
된다. 『테스트 씨와 함께한 저녁』을 드가
에게 헌정할 생각을 했으나 드가로부터
거절당한다.

3월, 런던으로 가서 남아프리카에 관한 다양
한 기사를 번역하는 일을 한다. 〈더 뉴 리
뷰〉 편집장이 요청한 글 「독일의 정복ᵃ
Conquête allemande」을 쓴다.

5월, 〈상토르〉지에 두 편의 시가 실린다.

1897년(26세)   1월, 게르만의 세력 확장에 관한 산문 「독일
의 정복」이 〈더 뉴 리뷰〉에 실린다.

2월, 말라르메가 직접 주석을 달고 수정한 자

신의 시 「주사위 던지기Coup de dée」 교정
쇄를 발레리에게 보여주며 의견을 묻는
다("내가 미친 건 아닌지? 착란상태로 쓴 것 같
지는 않은지?"). 발레리는 말라르메에게 경
의를 표하는 시 「발뱅Valvins」을 쓴다.

4월, 육군성 편집관으로 정식 임명된다.

1898년(27세) 5월, 베르트 모리조가 사망한 뒤, 그의 딸 쥘
리 마네와, 두 조카 자니 고비야르, 폴 고
비야르가 함께 사는 집에서 마련한 저녁
모임에 르누아르, 드가, 말라르메와 함께
자리한다.

7월, 발뱅에 있는 말라르메를 찾아가는데, 그
것이 그와의 마지막 만남이 된다.

9월, 말라르메가 사망하다. 장례식 날, 묘지에
서 발레리는 몇 마디 하고는 감정이 복받
쳐 말을 잇지 못한다.

12월, 드가의 주선으로 발레리와 자니 고비야
르, 쥘리 마네가 가까워진다.

1900년(29세) 5월, 자니 고비야르와 결혼한다.

7월, 육군성을 그만두고 아바스 통신사 대표
에두아르 르베 씨의 개인 비서로, 몸이

불편한 그를 도와 20년 넘게 하루에 서너 시간만 일한다. 이런 상황 덕에 개인 작업에 충분한 시간을 쓸 수 있게 된다.

1902년(31세)　7월, 빌쥐스트 길 40번지로 주거지를 옮긴다. 이해 출간된 앙리 푸앵카레의 『과학과 가설』을 침대 머리맡에 두고 읽는다.

1903년(32세)　7월, 천문학에 관심을 갖고 천체를 종종 관측한다.
8월, 큰아들 클로드가 태어난다.

1904년(33세)　9월, 아내와 함께 노르망디에 있는 지드의 집으로 가서 며칠씩 머물곤 한다.
12월, 르누아르가 직접 그린 자니 발레리의 초상화를 선물한다.

1905년(34세)　5월, 가까운 친구에게 쓴 편지에서 말한다. "난 작업도 거의 하지 않고, 책도 읽지 않네. 나도 모르는 어떤 메시아를 기다리고 있어."

1906년(35세)　3월, 딸 아가트가 탄생한다.

7월, 가장 분량이 많은 '카이에' 작업을 끝낸다.

9월,『테스트 씨와 함께한 저녁』초판이 절판된다.

1907년(36세)　2월, 마네의 문제작 〈올랭피아〉를 관람한다.

6월, 화가 호세 마리아 세르로부터 글을 발표하지 않는다는 비난을 받는다.

1908년(37세)　1월, 드뷔시가 지휘하는 교향시 〈바다〉를 들으러 간다.

3월, 지드에게 편지로 가장 혹독한 '지적' 위기를 겪고 있다고 토로한다.

5월, 드가가 질책한다. "자네에겐 심각한 결점이 있어. 모든 걸 이해하고 싶어 한다는 거야."

8월, 아내에게 보내는 편지에 쓴다. "내가 끄적인 이 모든 글로 부피 큰 책을 만들 수 있을 테지만 난 그러질 못하오. 완벽만 좋아하니……."

9월, 지베르니로 모네를 만나러 가서 자전거로 산책도 하고 주변을 둘러본다.

화가 조르주 데스파냐가 그의 초상화를 그린다.

1910년(39세)   12월, 피에르 루이스의 소설 『여인과 꼭두각
시la Femme et le pantin』(우리나라에는 '욕망의 모
호한 대상'이라는 제목으로 출간)를 바탕으로
한 연극 초연에 참석한다.

이 해에 쓴 카이에 중 하나가 1924년에 『카
이에 B 1910』이라는 제목으로 출간된다.

1912년(41세)   1월, 지드의 요청으로 가스통 갈리마르가 찾
아와 갈리마르 출판사에서 작품집을 내
자고 제안한다.

5월, 지드는 발레리에게 그의 시와 『테스트
씨와 함께한 저녁』과 「레오나르도 다빈
치의 방법 입문」과 그 밖의 단상들을 갈
리마르사로 보내라고 요청한다. 지드의
거듭된 요청에 발레리가 대답한다. "그럴
까 하고 서랍 속 원고를 훑어보는데 혐오
스럽기만 하네. 아직까지 내 눈엔 그 책
의 형태도, 실체도, 필요도 안 보여."

7월, 마침내 갈리마르사에 원고를 약속한다.
오래된 시는 다시 매만지고, 새 시를 몇
편 더해서 출간하기로 한다. 이 원고가
『젊은 파르크』가 된다.

1913년(42세)   2월, 지드가 갈리마르사에 약속한 원고를 보내라고 독촉한다.

                7월, 발레리는 쓴다. "시가 꿈쩍 않는다. 모래에 묻혔다. 다시 봐도 소용없다. 아무 효과 없다. 점점 더 니 자신이 낯설기만 하다."

1914년(43세)   3월, 피에르 루이스의 소설 『아프로디테 Aphrodite』를 바탕으로 한 연극 초연에 참석한다.

                7월, 아내가 요양하게 될 피레네 지역으로 가면서 몽펠리에와 세트를 거쳐 간다.

                전쟁에 대한 소문이 떠돈다.

                8월, 전쟁 선포 소식을 듣고 가족과 함께 바닷가 마을 바뉠쉬르메르에 정착한다.

                10월, 혼자 파리로 돌아온다.

1915년(44세)   동원령을 기다리며 파리에 머문다. 매일 '카이에' 쓰는 일을 게을리하지 않고, 예전에 쓴 시들을 다듬는다.

                8월, 〈르 메르퀴르 드 프랑스〉에 「독일의 정복」이 다시 실린다.

1916년(45세)   시집 작업에 몰두한다.

1917년(46세)　　4월, 『젊은 파르크』가 갈리마르에서 출간된다.

9월, 드가가 사망하다. 발레리는 드가를 "인간 정신의 걸작품"이라고 여긴다.

10월, 〈르 메르퀴르 드 프랑스〉에 시 「여명 Aurore」이 실린다.

1918년(47세)　　1월, 이웃집 정원에 폭탄이 떨어지는 걸 창문으로 목격한다.

5월, 옛 '카이에'들을 다시 펼치며 그것이 자신의 최고 시절의 작업이며, 그 글들 속에 작품이 잠재 상태로 묻혀 있음을 깨닫는다.

8월, 가족이 있는 브르타뉴로 가서 지낸다.

10월, 정전협정이 체결되기 직전 파리로 돌아온다.

1919년(48세)　　7월, 『테스트 씨와 함께한 저녁』이 갈리마르사에서 출간된다.

10월, 주석과 여담이 추가된 『레오나르도 다빈치의 방법 입문』이 갈리마르사에서 출간된다.

11월, 뤼시앙 파브르를 위한 서문을 쓰고, 중력의 법칙을 바꾼 아인슈타인의 발견에 관한 〈아테네움〉지의 기사를 번역한다.

1920년(49세)   6월, 시 「해변의 묘지」가 〈NRF〉지에 실린다.

말라르메의 시 「목신의 오후」의 미발표

판본의 출산을 위헤 서문을 써달라는 청

탁을 받는다.

9월,『해변의 묘지』가 에밀 폴 출판사에서 출

간된다.

12월, 시집 『옛 시첩Album des vers anciens』이 아미

데 리브르 출판사에서 발간된다.

1921년(50세)   3월, 건축 잡지 〈아르시텍튀르〉에 머리말로

청탁받은 대화 형식의 글 「에우팔리노

스 또는 건축가Eupalinos ou l'Architecte」를 탈

고한다.

〈코네상스〉지에서 실시한 투표에서 일곱

명의 현대 시인 가운데 폴 발레리가 3천

표를 획득하고 가장 위대한 시인으로 뽑

힌다.

4월, 릴케는 지드에게 보낸 편지에서 발레

리의 「에우팔리노스 또는 건축가」와 그

밖의 글을 읽고 느낀 감동을 얘기한다.

"……어떻게 이 오랜 세월 동안 내가 그

를 모를 수 있었을까요? 몇 주 전에 저는 「해변의 묘지」를 읽고 직접 번역해보며 열광했습니다……." 그는 이런 말도 한다. "나는 홀로 기다려왔습니다. 나의 온 작품이 기다려왔지요……. 그런데 발레리를 읽고는 내 기다림이 끝났다는 걸 알았습니다."

5월, 릴케는 다시 지드에게 쓴다. "발레리의 모든 작품은 고결한 원칙에 따라 결코 요약도 위로도 거부하는 당당한 인내의 결과로 세워졌습니다."

12월, 「영혼과 춤 l'Ame et la Danse」이 〈르 뷔 뮈지칼〉지의 특별호에 실린다.

1922년(51세) 1월, 형에게 고통을 호소한다. "벌써 보름째 밤에 한 시간밖에 못 자. 정신이 쉬지 않고 작동해 나를 죽이고 있어."

2월, 아바스 통신사 대표 에두아르 르베가 사망하면서 고정 직장을 잃고 생활상의 불안을 느낀다.

6월, 시집 『매혹 Charmes』을 출간한다.

11월, 스위스의 제네바, 취리히, 로잔, 뇌샤텔에서 강연을 이어간다.

1923년(52세) 2월, 강연을 위해 브뤼셀로 향하는 기차 안에
서 아인슈타인의 책을 읽는다.

4월, 『에우팔리노스 또는 건축가』 초판이 출간
된다.

8월, 레지옹 도뇌르 슈발리에 훈장을 수여받
는다.

10월, 〈레 누벨 리테레르〉지에 말라르메에 대
한 글을 쓴다. "말라르메에 관해 글 쓰는
일이 내게는 기이한 고통이다." 런던에서
보들레르와 빅토르 위고에 관해 강연한다.

1924년(53세) 1월, 『말라르메에 관한 단상Fragments sur Mallarmé』
이 로널드 데이비스 출판사에서 출간된
다. 파리, 몽펠리에, 님에서 강연을 이어
간다.

2월, 모나코 왕자의 요청으로 몬테카를로에
서 "보들레르의 상황"이라는 제목으로 강
연을 한다. 릴케가 그의 시집 『매혹』에서
열여섯 편의 시를 번역하고 직접 쓴 원고
를 보내온다.

3월, 브뤼셀에서 레오나르도 다 빈치에 관한
강연을 한다.

4월, 밀라노에서 두 차례 강연을 할 때 가브

리엘 단눈치오가 찾아와 각별한 우정을 보어준다.

마드리드, 바르셀로나에서 강연을 이어 간다.

6월, 『바리에테Variété』가 갈리마르사에서 출간 된다.

9월, 『카이에 B 1910』이 복사본 형태로 출간 된다.

10월, 아나톨 프랑스가 사망하면서 그의 뒤를 이어 펜클럽 회장직을 맡는다.

1925년(54세)　　리옹, 니스로 강연을 이어간다.

6월, 피에르 루이스가 사망하다. 당시 해양부 장관이던 에밀 보렐의 제안을 받아들여 "프로방스"라는 장갑함을 타고 지중해로 여행을 떠난다. 몬테크리스토, 나폴리, 알제 등을 돌아본다.

7월, 파리로 돌아와 콩고로 떠나는 지드에게 작별 인사를 한다.

11월, 아나톨 프랑스 후임으로 아카데미 프랑 세즈 회원이 된다.

1926년(55세)　　2월, 모나코에서 강연한다.

4월, 『나르시스』가 스톨 출판사에서 출간된다.

6월, 베르트 모리조의 전시회 카탈로그에 서문을 쓰고 제목을 「베르트 이모Tante Berthe」라고 붙인다.

릴케가 『나르시스』의 번역을 끝낸다.

8월, 레지옹 도뇌르 오피시에 훈장을 수상한다.

9월, 릴케가 로잔에서 레만호를 가로질러 그를 만나러 온다.

클로드 모네를 찾아가 화가 오노레 도미에, 나르시스 디아즈 드 라 페나, 프레데리크 바지유에 관한 얘기를 듣는다.

10월, 빈과 프라하에서, 그리고 베를린 대사관에서 강연을 한다. 꽉 찬 청중석에 아인슈타인도 자리한다.

11월, 「폴 발레리가 피에르 루이스에게 보낸 열다섯 편의 편지」가 비매품으로 출간된다.

12월, 릴케가 사망하다.

1927년(56세) 2월, 『스탕달에 관한 에세이Essai sur Stendhal』가 출간된다.

4월, 『니체에 관한 네 편의 편지Quatre Lettres au sujet de Nietzsche』가 〈카이에 드 라 캥젠〉사에서 출간된다.

5월, 어머니가 사망하다.

10월, 영국을 여행하며 런던, 옥스퍼드, 케임브리지를 돌아본다.

1928년(57세) 1월, 철학자들이 모여 식사하는 자리에서 브랑슈비크가 발레리를 "예술계의 푸앵카레"로 빗댄다.

1929년(58세) 9월, 『문학Littérature』이 아미 데 리브르 출판사에서 출간된다.

11월, 아인슈타인의 강연에 참석한다. 아인슈타인과 함께 베르그송을 찾아간다.

12월, 『바리에테 II』가 출간된다.

1930년(59세) 4월, 라빈드라나드 타고르와 만난다.

11월, 테야르 드샤르댕 신부와 대담을 나눈다.

1931년(60세) 5월, 스칸디나비아반도로 강연 여행을 떠난다.

6월, 파리에서 개최된 펜클럽을 주관한다.

7월, 『현대 세계에 대한 고찰Regards sur le monde actuel』이 스톡 출판사에서 출간된다.

9월, 레지옹 도뇌르 코망되르 훈장을 수여받는다.

1932년(61세) 1월, 츠바이크와 만난다.

3월, 그르노블, 마르세유에서 강연을 한다. 폴
리네시아에 체류한다.

『고정관념l'Idée fixe』이 출간된다.

4월, 님에서 강연. 소르본에서 열린 괴테 서거
100주년 행사에서 기조연설을 한다.

5월, 취리히 대학에서 또다시 괴테에 관한
연설을 한다.

6월, 오랑주리 미술관에서 열린 마네 전시회
카탈로그에 「마네의 승리Triomphe de Manet」
라는 제목의 서문을 쓴다.

7월, 괴테 메달을 수상한다.

11월, 브뤼셀에서 현대 세계에 관한 강연을
한다.

1933년(62세) 3월, 마르세유, 그리고 산레모에서 괴테에 관
한 강연을 한다.

5월, 바르셀로나, 제노바, 피렌체, 로마, 나폴
리에서 강연을 이어간다.

1934년(63세) 5월, 아카데미 프랑세즈에서 모리스 드 브로
글리의 입회식을 주재한다. 마르셀 프레
보는 발레리를 시를 고갈시킨 시인이라

고 말한다. "당신의 페가수스가 발을 디딘 곳에는 시의 풀이 더는 돋아나지 않습니다……."

10월, 코르네유 사망 250주년 행사에 참석한다.

1935년(64세)　　6월, 리스본 과학 아카데미 회원으로 지명된다.

1936년(65세)　　1월, 『바리에테 Ⅲ』이 출간된다.

2월, 산문집 『드가, 춤, 데생Degas, Danse, Dessin』이 앙브루아즈 볼라르 출판사에서 출간된다.

4월, 알제에서 알제리 작가들을 만나고, 강연을 한다. 튀니스에서도 강연을 이어간다.

5월, 리에주에서 열린 상징주의 전시에서 강연한다.

12월, 스트라스부르 대학에서 강연한다.

1937년(66세)　　3월, 로마에서 강연한다.

4월, 볼로냐 대학에서, 그리고 파리 오랑주리 미술관에서 강연을 이어간다.

10월, 콜레주 드 프랑스에 시학 교수로 임명된다.

12월, 산문집 『사람과 조개l'Homme et la coquille』가 출간된다. 콜레주 드 프랑스에서 강의를 시작한다.

1938년(67세)　　　3월, 극작가 쥘 로맹 집에서 저녁 식사를 하는 동안 히틀러가 오스트리아를 침공했다는 소식을 듣는다.

형 쥘 발레리가 사망하다.

8월, 폴리네시아에서 휴가를 보내면서 가극 『나르시스의 칸타타 Cantate du Narcisse』를 쓴다.

9월, 파리로 돌아온다.

10월, 뮌헨협정 이후 니스로 떠난다.

11월, 『바리에테 IV』가 출간된다.

12월, 콜레주 드 프랑스에서 시학 강의를 다시 시작한다. 그의 데생 두 점이 생트주느비에브 도서관에 전시된다.

1939년(68세)　　　1월, 사진술 발명 100주년 기념식을 위해 소르본 대학에서 연설을 한다.

콜레주 드 프랑스에서 에드거 앨런 포에 대해 강의한다.

5월, 디종에서 강연을 한다.

9월, 전쟁 선포 이후, 가족의 요청에 따라 메닐로 간다.

『멜랑주Mélange』가 출간된다.

1940년(69세)   1월, 콜레주 드 프랑스 수업을 다시 이어간다.

4월, 헝가리 과학 아카데미 회원으로 지명된다.

5월, 가족과 함께 디나르로 떠난다.

6월, 파리가 함락된다.

7월, 「나의 파우스트Mon Faust」를 집필한다.

9월, 파리로 돌아온다.

11월, 콜레주 드 프랑스에서 문법 강의를 한다.

1941년(70세)   1월, 앙리 베르그송이 사망하다. 아카데미에

서 베르그송에 대한 추도 연설을 한다.

3월, 비시 정권의 개입으로 니스의 지중해연

구소 소장직에서 해임된다.

5월, 『텔 켈Tel quel』이 갈리마르사에서 출간된다.

6월, 오랑주리 미술관에서 열린 베르트 모리

조 전시 카탈로그 서문 「베르트 모리조

에 관해au Sujet de Berthe Morisot」를 쓴다.

9월, 마르세유에서 『나르시스』에 관한 강연

을 한다.

1942년(71세)   1월, 브뤼셀과 몽스에서 강연을 한다.

4월, 리옹에서 강연을 한다.

5월, 몽펠리에, 세트, 로데즈에서 강연을 한다.

7월, 독일 점령군이 『나쁜 생각들Mauvaises Pensées』 출간을 허락하지 않는다. "왜 그자는 좋은 생각을 쓰지 않는 거지?"라며.

1943년(72세)   10월, 폴 발레리의 동판화 전시가 열린다.

1944년(73세)   3월, 『바리에테 V』가 출간된다.

8월, 파리 해방. 샹젤리제 거리 〈피가로〉사 건물 발코니에서 드골 장군의 귀환 행진을 지켜본다.

11월, 저자의 동판화가 실린 『나의 판화 변주 Variations sur ma gravure』가 출간된다.

12월, 샹젤리제 스튜디오에서 『나르시스의 칸타타』를 공연한다.

소르본 대학에서 열린 볼테르 탄생 250주년 행사에서 볼테르에 관한 연설을 한다.

1945년(74세)   3월, 니스의 지중해연구소장으로 다시 임명된다.

『볼테르에 관한 연설Discours sur Voltaire』이 출간된다.

건강 악화로 중단했던 강의를 재개한다.

새로 시작한 '카이에' 표지에 나무를 하나 그린다.

5월 15일, 『베르그송에 대한 연설』이 출간된다.

5월 19일, 손녀의 첫 영성체 의식에 참석한 것이 마지막 외출이 된다.

5월 31일, 몸져눕고는 다시 일어서지 못한다.

6월 또는 7월, 연필로 흐릿하게 마지막 말을 쓴다.

"온갖 실수의 기회들. 나쁜 취향과 저속한 편의를 좇는 온갖 기회들은 증오하는 사람과 함께한다."

7월 20일, 오전 9시에 사망한다. 장례식은 트로카데로 광장에서 국장으로 치러진다.

7월 27일, 고향인 세트의 해변에 있는 묘지에 묻힌다. 묘비에는 「해변의 묘지」의 한 구절이 새겨진다. "신들의 평온을 길게 바라보는 눈길은 / 오, 시 end 끝에 누리는 보상."

폴 발레리의 묘지